はぐれ又兵衛例繰控【九】

鹿殺し

坂岡真

文庫

目次

鹿殺し（しかごろし）

はぐれ又兵衛例繰控【九】

黒壁の番所

一

八重桜は疾うに散り、向両国の回向院では晴天十日の勧進相撲がはじまった。夏の到来を告げる不如帰の鳴き声はまだ聞こえてこぬものの、渡しの小舟で小名木川を東へ漕ぎすすめば、爽やかな微風に頬を擽られ、おもわず欠伸が漏れてくる。

「……ひねもすのたりのたりかな」

平手又兵衛は蕪村の句を口ずさみ、土産に携えた五合徳利の栓を抜いた。直に口をつけて徳利をかたむけ、極上の下り酒をごくりと喉に流しこむ。

「……こりゃいける。師匠に献上するのはもったいないな」

もうひと口飲ろうとしたところで、左手に猿江河岸の桟橋がみえてきた。訪ねるさきは剣の師匠、小見川一心斎の道場である。

船頭に小銭を手渡して陸にあがり、乾いた田圃の広がる畦道を通って古い社のある雑木林を抜けていく。

「つきひーほし、つきひーほし」

鵤の鳴き真似をする小娘に出会ったのは一年近くまえのこと、上方訛りが抜けぬ孫ほどの娘を「女房じゃ」と、一心斎は嬉しそうに紹介してくれた。

ところが、きくと名乗った娘の兄は盗賊の一味で、きくは江戸に手頃な居場所を探していたにすぎなかった。一心斎は騙されているのを薄々わかっていながら、曰くつきの小娘をしばらく手許に置いてやったのだ。

きくはまことの名ではなく、世間を欺く偽りの名であった。まことの名は、たみという。おたみは兄を足抜けさせようとして町奉行所に密訴し、おかげで盗賊どもは一網打尽にされたが、兄は悪党仲間に制裁されて還らぬ人となった。傷心のおたみは一心斎のもとを離れ、兄の菩提を弔うべく故郷の大和へと戻っていった。

いずれは江戸に帰ってくるという期待も、月日が経つとともに萎んでいく。

一心斎は還暦を疾うに過ぎているにもかかわらず、おたみに出会うまでは呑む打つ買うの三道楽煩悩にうつつを抜かしていた。顔をみれば金の無心をされるため、できるだけ近づかぬようにしていたほどだ。

　ところが、去年の暮れに訪れたときは、おたみを失ったせいか、世捨て人のごとき風貌になっていた。放っておくことができず、月に一度は様子見で訪ねるようになったのである。

　又兵衛は摩利支天宮の門前で拝礼し、猿江裏町の露地裏へ足を向けた。

　今しも倒れそうな道場の門前に立ち、外された看板の痕跡をじっとみつめる。

　五年前までは「香取神道流　小見川道場」という看板が掛かっていた。又兵衛は唯一の弟子で、一心斎から「道場を継いでほしい」と請われたものの、さすがに南町奉行所の与力とは両立できぬので断った。

　断って以来、何となく遠慮がある。十年余りまえに双親を亡くしているため、肉親も同然の一心斎に頼りたい気持ちも少しはあったのだろう。それゆえ、縁談を持ちこまれた際は、強く拒むことができなかった。

「気立てのよい娘でな、おぬしにはもったいないほどじゃ」

　つれあいとなったのは、静香である。料理茶屋で賄いの下女奉公をしていたが、じつはうらぶれた旗本の息女だった。人柄を気に入って所帯を持つと決めた当日、八丁堀の与力屋敷に老いた双親がおまけのように従いてきた。

双親は亡くなったものとばかりおもっていたので、そんなはなしは聞いていないと抗っても、仲人の一心斎は聞く耳を持たず、まあよいではないかと気軽な調子で促され、赤の他人の双親と娘を住み慣れた屋敷へ招くはめになった。

しかも、義父の主税はまだら惚けがすすんでおり、時折、名の知られた戦国武将に豹変してしまう。騙されたような気にもなったが、ともにひとつ屋根の下で過ごしているうちに、三人との暮らしが心地よくなってきた。

「ほらみたことか」

と、一心斎はいつも自慢げに鼻をひくつかせる。

口惜しいが、そればかりはみとめざるを得なかった。

先月やってきたときは、厄除けのために柊と鰯の頭が門柱に刺してあった。

それが白い卯の花に変わっている。

又兵衛は冠木門を潜り、黴臭い道場のほうへ向かった。

「お師匠さま、おられましょうか。又兵衛にござります」

表口で大声を張りあげても応答はなく、首をかしげたところへ、後ろから陽気な声を掛けられた。

「誰かとおもえば、木っ端役人ではないか」

門を潜ってきたのは、一心斎そのひとである。

頭髪は雪をかぶったように白く、伸ばし放題の口髭と顎髭も白い。釣り竿を担いだすがたは、山水画に描かれた仙人のようだった。

「ほう、釣りですか」

「酒の肴を調達しにな。霞を食うておるとでもおもうたか」

「釣果は」

「鱚も鰈も釣れなんだわ」

近づいて魚籃を覗くと、小振りの泥鰌が数匹にょろりと丸まっている。

「煮立った土鍋に生きたまんまぶちこんでやるのよ。手土産は下り酒か」

「満願寺にござります」

「うひょっ、ちょうどよかった」

「呑みすぎは、からだによくありませぬぞ」

「こうみえても、からだは頑丈でな。今さら言うまでもないが、香取神道流の奥義は抜きつけじゃ。飛蝗のように高く跳ばねばならぬ。足腰が萎えたら終わりゆえ、人知れず鍛えておるのよ」

「ほほう」

「信じぬのか。毎日、摩利支天の石段を上り下りしておるのじゃぞ」

「石段は百段ほどありましたな」

「百八段、煩悩の数じゃ」

「それを何往復しておられるので」

「一往復じゃ」

「へっ」

「充分じゃろう、名人にとってはな。くわっ、かかか」

喉ちんこをみせて笑う一心斎を「名人」と呼ぶ者はいない。じつを言えば、又兵衛は道場で立ちあってもらったことが一度もなかった。飛蝗のように跳んだすがたもみた記憶はなく、ほんとうに強いのかどうかもわからない。

そのような人物を剣の師匠に推した父の気も知れぬが、子どもの頃から教授されつづけた剣の真髄らしきことばだけは、又兵衛の血肉となっていた。

たとえば、一心斎は無我無心の境涯を「木鶏」によく喩えた。

立ちあいでは木鶏のごとく動じず、相手に心を読ませぬこと。勝ちに逸れば心を読まれ、相手の術中に落ちる。勝ちにいかぬ無心こそが「後の先」の奥義にほかならず、座った姿勢から跳躍し、中空で刀を抜くときでさえも、木鶏たらねばならぬ。

のちに、すべてのことばは他流派の受け売りであることを知ったが、幼い又兵衛は師の教えを素直に守りぬいた。愚直に跳びつづけたことで抜きつけの剣を極め、香取神道流の達人になったのである。

強さを自覚すれば、世に名を売りたくもなろう。そうしたときは「鷹爪じゃ」と、厳しく戒められた。「能ある鷹は爪を隠す」という諺を刷りこまれ、まことの剣客とは慎み深いものなのだと悟った。

それゆえ、師匠が弱くともいっこうにかまわない。あくまでも、学ぶのはおのれ自身なのだ。天賦の才があれば、おのれの心構えひとつでいくらでも強くなれる。ひょっとしたら、亡くなった父もそうおもっていたのかもしれなかった。

「主税どのは息災か」

七輪の炭を渋団扇でぱたぱたやりながら、一心斎が尋ねてくる。

「ふふ、好みの武将は誰じゃ」

「このところは、上杉謙信入道にござります。鶴之湯のある霊岸島を川中島に見立てられ、朝風呂に向かう際はいつも槍持ちを申しつけられます」

「益々おもしろうなってきたな。惚けてひとは味が出る。縁づけてやったわしに感謝せねばなるまいぞ」

いつの間にか、出汁を張った土鍋が沸騰しかけている。

人を食った物言いの師匠が、濡れ布巾を手にして蓋を開けた。

笊のうえで蠢く泥鰌どもを、煮立った鍋に投じてぶち殺す。

「わしらに食われれば、こやつらも本望じゃろうて」

玉子綴じにすれば、それなりに美味い鍋にはなった。

腹の足しにはならぬものの、極上の酒さえあれば一心斎は機嫌がよい。

先月までとはちがい、どことなく生気を取りもどしたようにもみえる。

「わかるか。じつはな、おぬしにちと頼みがある」

赭ら顔で金の無心かとおもいきや、そうではないと首を横に振る。

「人を小莫迦にするのもたいがいにせい。頼みたいのは人捜しじゃ」

「人捜しにござりますか」

「ついては、金が少し要るやもしれぬ」

「やっぱり」

「いや、待て。はなしは仕舞いまで聞け」

捜してもらいたい相手は、横山藤内なる浪人者の女房だという。

「名は都、年の頃は二十八、九。鼻筋の通った凛とした面立ちのおなごでの、立っておるだけで色気が溢れてくるほどじゃ」

生気を取りもどした理由がわかった。他人の女房に岡惚れしたのだ。

おたみのことは忘れたのかと叱ってやりたくなったが、都という女房は神隠しに遭ったのかもしれぬと聞いて眉を顰めた。

「なれそめを聞きたいか」

「えっ」

まさか、恋仲になったわけでもあるまいに、なれそめはおかしかろう。

それでも、一心斎は鼻の下をびろんと伸ばし、遠い眼差しで語りだす。

「都め、摩利支天の拝殿に詣でては、お百度を踏んでおったのじゃ。聞けば旦那の仕官がかなうようにと、御本尊に祈りを捧げておるとか」

夫の横山藤内は黒石藩の元剣術指南役で、武神の摩利支天に祈れば願いがかなうかもしれぬとおもったらしい。

「殊勝な女房じゃと褒めてやったら、道場にやってきて何度か飯を作ってくれた。世話好きで優しいおなごなのじゃ。礼をせねばとおもうておったに、煙のごとく消えてしもうてな」

神隠しであろうと言ったのは、浪人夫婦が住んでいた裏長屋の大家だった。大家によれば、同じように忽然とすがたを消した武家の女房が半年で五人におよぶという。

「ついでに、旦那の藤内も行方知れずになりおった。まあ、旦那のことはどうでもよいが、女房にだけは是が非でも会いたい。会って礼をせねば、死んでも死にきれぬ」

八の字眉の半泣き顔で請われても、人捜しなどおいそれと請けおえぬ。岡惚れした他人の女房を捜せと言われ、みずから骨を折るほど暇ではない。

弟子の気持ちなどおかまいなく、一心斎は喋りつづけた。

「虫穴に落ちたのかもしれぬと、大家は抜かすのじゃ」

「虫穴」

「冥途への入口じゃ」

敷居の向こうに足を踏みいれるや、ぽっかり開いた穴に落ち、気づいてみれば彼岸の縁を漂っているのだという。

「大家の申すとおり、都は虫穴に落ちたのやもしれぬ。それをな、おぬしに確かめてほしいのじゃ」

「それがしに虫穴なるものを調べよと」

「ふん、恐ろしいのか。おぬしは幼い頃から、幽霊や化け物が苦手じゃったからな。虫穴に踏みこむ勇気など、よもやあるまいとおもうておったわ。ふむ、よかろう、ぜんぶ忘れてくれ。哀れなおなごを冥途から救うことなど、おぬしにできようはずもない。わずかでも期待したわしがまちがっておったわい」

何やかやと煽られても、首を縦に振ることはできぬ。

長居は無用と判断し、隙をみて道場から逃げだした。

二

数寄屋橋御門内、南町奉行所。

例繰方の御用部屋はしんと静まりかえり、書面を捲る音しか聞こえてこない。

――チョウベーチュウベー、チョーチューベー。

遠くで鳴いているのは目白であろうか。

剽軽な鳴き声に眠気を誘われたのか、部屋の隅から同心どもの寝息が聞こえてくる。

「うおっほん」

咳払いしたのは、部屋頭の中村角馬であった。

上だけみている平目与力は小心者のくせに、自分は切れ者だと勘違いしている。

音無しの構えで近づいてきたので、又兵衛は書面に没頭するふりをした。

「平手、ちとよいか」

顔をあげると、意味ありげに笑ってみせる。

厄介事を押しつけるときの面だ。

「試問が三つある。各々、即座にこたえてみせよ」

「はあ」

「ひとつ、知行五百石の直参が白昼の寺社境内にて、他家の奥方を赤裸にして不行跡におよんだ。罪状と類例を述べよ」

「中追放。すなわち、武蔵、大和、山城、摂津、和泉、肥前、甲斐、駿河、下野の国々ならびに住んでいる国、東海道筋、木曽路、日光道中ならびに罪を犯した土地からの追放にござります。類例をあげれば、奉公先で主人の娘と密通した者、あるいは、口留番所を女を連れて忍び通った者などになりましょうか」

「さればふたつ目、拝領屋敷の一部を貸して楊弓場を営んだ直参はどうなる」

「御屋敷召しあげのうえ、差控になりましょう」

「よし、三つ目。危篤の義父を放って遊女屋に入り浸った小普請医師はどうなる」

「斬首ですな。死体は様斬りにし、家屋敷と家財は没収となりましょう。御白洲における態度如何では、市中引きまわしを付与いたします」

「さすが、例繰方の知恵袋。七千余りある御仕置例類集を端から端まで諳んじてみせるだけのことはある」

門外不出の御定書百箇条も、命じられれば一言一句違えずにこたえられた。生まれつき、記憶力には自信がある。されど、それを自慢したり鼻にかけたことはないので、上の連中で又兵衛の特技を知る者は少ない。

白洲の裁きは先例にしたがうため、例繰方の役人は町奉行や内与力に呼びつけられる機会も多かった。南町奉行の筒井伊賀守は昌平黌きっての秀才、判例を事細かに吟味することでも知られ、又兵衛ほど重宝な与力はいないはずである。

ところが、それほど重宝がられてもいない。

他人を寄せつけぬ仏頂面のせいだと言う者もいれば、偏屈な性分のせいだと断じる者もいる。なるほど、与えられた役目はそつなくこなすものの、上役に追従する器用さもなければ、同輩や同心たちと一献酌みかわす親しみやすさも持ちあわせておらず、周囲からは「くそおもしろうもない堅物」と目され、下の連中からは「はぐれ又兵衛」と陰口まで叩かれていた。

剣の達人であることが知れわたれば、一目も二目も置かれよう。されど、奉行所に通いはじめてから十六年ものあいだ、そうした素振りはいっさいみせておらず、廻(まわ)り方(かた)の連中からも「内勤の役立たず」と小莫迦にされているのである。しかも、中村や御用部屋の同心たちからみれば「鬱陶(うっとう)しいほど細かい」性分らしい。

たしかに、四角い部屋を箒(ほうき)で丸く掃(は)くようなやり方は断じて容認できなかった。きれい好きとも少し異なり、あるべきところにあるべきものがないと我慢できなくなる。文机(ふづくえ)の帳面や文筥(ふばこ)と同様、茶碗や皿の置き方にも決め事があり、わずかでも位置がずれたら修正しなければ気が済まぬ。

「でな、試問のことじゃが、今から沢尻(さわじり)さまのもとへ参じてくれぬか」

平目与力の中村はいつもどおり、両手で拝(おが)むような仕種(しぐさ)をする。

内与力の沢尻玄蕃(げんば)は筒井伊賀守の懐刀(ふところがたな)と目されるだけに、下手(へた)な返答をすれば目通(めどお)り差控(さしひかえ)になるやもしれなかった。それゆえ、又兵衛は鬱陶しい役目をいつも押しつけられる。だが、抗っても詮無(せんな)いはなし。例繰方の与力はふたりしかおらず、いずれにしろ、中村か自分のどちらかが行かねばならない。

――チヨダノシロハーチヨヤチヨー。

人を小莫迦にしたような目白の鳴き声を聞きながら、又兵衛は表情も変えずに部屋をあとにした。

檜(ひのき)の香る廊下へ出るや、鰓(えら)の張った偉そうな人物が近づいてくる。

吟味方筆頭与力(ぎんみかたひっとうよりき)の永倉左近(ながくらさこん)、みなから「鬼左近(おにさこん)」と呼ばれているだけあって、火がつけば何をしでかすかわからない。白を黒に変えることなど朝飯前と評され、巷間(こうかん)の悪党たちからも恐れられていた。

関わりたくない又兵衛は、廊下の端に寄ってお辞儀をする。

鬼左近が何も言わずに通りすぎたので、ほっとしたのもつかの間、くるっと踵(きびす)を返してきた。

「穀潰(ごくつぶ)しめ、まだ生きておったのか」

虫の居所が悪いのか、挨拶(あいさつ)代わりの暴言を吐く。

「そもそも、例繰方など糞(くそ)の役にも立たぬ。おぬしはいったい、何のために生きておるのだ」

「何のために」

「そうじゃ。飯を食って糞して寝る。おぬしは、さような人生を望んでおるのか。

町奉行所の役人ならば、志を持たねばならぬ。悪党をひとりでも多く捕まえ、この江戸を清廉な水の流れる都に変える。そうした尊い志を持つ者でなければ、ひとを裁くことなどできぬ。ましてや、正義を語ることなどできまい。そうはおもわぬか」

「仰せのとおりにござります」

「莫迦め、さようなきれいごとを真に受けておるようでは、とうてい吟味方はつとまらぬわ。おぬしは死ぬまで例繰方じゃ。小机に嚙りついて朽ち果てるがよかろう」

どはははと豪快に笑い、鬼左近は遠ざかっていく。

どうやら、憂さ晴らしにつきあわされただけらしい。

気を取りなおして廊下を進むと、今度は鼠顔の狡猾そうな古参与力がやってきた。

年番方筆頭与力の「山忠」こと、山田忠左衛門である。

町奉行は替わっても、町奉行所の隅々まで知りつくした最古参の自分は居座りつづける。死ぬまで今の地位にしがみつくつもりだと豪語する山忠も、又兵衛にとっては天敵のひとりにちがいなかった。

「おほっ、はぐれか。久方ぶりだのう」

「はっ」

とりあえず、お辞儀だけはしておく。

「あいかわらず、つまらぬ面をしておるのう。役所勤めに肝心なのは、何をさておいても笑顔じゃ。つきあいが大事ゆえ、先達に呼ばれたら寄合に顔を出さねばならぬ。下戸でも呑めるふりをし、目上の者に気を使うのじゃ。目上の者はな、長く生きておるだけで偉いのじゃぞ」

「はあ」

「ところで、いくつになった」

「四十にございます」

「四十にして惑わず。不惑ではないか」

「はっ、そのようで」

「沢尻玄蕃に取り入っても、何ひとつよいことはないぞ。あやつがいったい、何をしてくれるというのじゃ。おぬしのごとき融通の利かぬ朴念仁は割を食うだけのはなしよ。のう、悪いことは言わぬ。わしの手下になれ。不惑ならば、もそっと要領よく立ちまわるのじゃ。なあに、面倒なことは言わぬ。月に一度挨拶に来るだけでよい。下り酒のひとつも携えてくれれば、一生困らぬようにはからってやろう」

「せっかくのおことばでございますが」

「わしと沢尻を天秤に掛け、沢尻を取ると申すのだな」

「いいえ、さようなことは」

「もうよい。言い訳はするな。誘ったわしが莫迦だった。魔が差したのじゃ。おぬしは何を言うても響かぬ。暖簾に腕押しの、すっとこどっこいじゃ。それをな、うっかり失念しておったわ。金輪際、わしの目に映るな。映りそうになったら、床に蹲って頭でも抱えておるがよい」

手下に誘ってくるのには理由があった。親の縁故で見習い与力となった子息の忠太郎を助けてやったことがあるからだ。少しは恩を感じているのだろうが、それにしても横柄すぎる態度には辟易とせざるを得ない。

又兵衛は山忠の背中を見送り、ようやく、内与力の御用部屋へやってきた。

「例繰方の平手又兵衛にござります」

「はいれ」

襖の向こうから許しを得て、泥鰌のようにするりと部屋に身を入れる。

沢尻玄蕃は上座に端座(たんざ)し、書面に目を通していた。

「近う」

「はっ」

中腰で近づくや、ふいに糸のような細い目を向けてくる。

ぴんと張りつめた空気を察し、又兵衛は身構えた。

中村に尋ねられた試問の中味を反芻(はんすう)する。

されど、沢尻はありきたりの試問を口にしない。

「虫穴なるものを知っておるか」

唐突(とうとつ)に問われ、又兵衛は頭を混乱させた。

「この世とあの世を分かつ冥途への入口かと」

「ようわかったな。わしの知るかぎり、この問いにこたえられたのはおぬしだけじゃ」

「はあ」

一心斎に感謝すべきであろうか。それよりも、どうして沢尻の口から「虫穴」ということばが発せられたのか、そちらのほうが気になる。

沢尻は一枚の奉書紙(ほうしょがみ)を畳に滑らせた。

覗いてみれば、下手くそな字で川柳らしき句が記されている。

「虫穴に落ちてひさぐは妻の春」

口に出して読んでも、意味はよくわからない。

「今朝ほど、御奉行から手渡された。御駕籠のなかに投げこまれておったそうだ」

「はあ」

「句の意味をどう解く」

「はて」

「わからぬか。ならば、調べてみるか」

「えっ」

「嫌ならよい。別の者にやらせる」

「何故、それがしに」

「深い考えはない。強いて申せば、暇そうだからよ。このこと、御奉行は忘れておるやもしれぬ。されど、いかに些細な懸念でも取り除くのが内与力の役目。かといって、大上段に命を下す案件でもなし。そうなれば、暇そうな例繰方の与力にでもやらせてみるかという流れになろう。どうだ、やるのかやらぬのか、しかと返答いたせ」

「ひとつだけ伺っても」

「何じゃ」

「まんがいち、句の背景に悪事の臭いを嗅いだときは、お助けいただけましょうか」

「途中で梯子を外すなと言いたいのだな。ふふ、さようなことは、そうなってみねばわからぬ。内容次第では、手を引けと命じるやもしれぬ。厄介事が嫌いなおぬしなら、そのほうが好都合であろう。無論、調べをつづけたいと申すなら止めはせぬ。ただし、手柄にもならぬし、まんがいちのことがあっても、わしは関知できぬ。何せ、御奉行に関わることゆえな、事は隠密裡にすすめねばならぬ」

又兵衛は苦い顔をつくる。正直、内与力の間者めいた動きは控えたかった。

「誰の目を気にしておる。山忠か、それとも鬼左近か。おぬしらしくもないな。誰に何とおもわれようが、淡々と我が道を行く。唯一、それが取り柄であろうが。ともあれ、虫穴なるものを捜してみるがよい。まことに冥途への入口ならば、踏みこんでみるのも一興であろう」

まるで、他人事である。

冷静沈着な切れ者にみえて、命じることは無茶苦茶ではないか。

この広い江戸のなかで、どうやって「虫穴」を捜せというのか。

ただ、又兵衛は難題を解くための端緒を握っていた。

一心斎の岡惚れした浪人者の妻女を捜せばよいのだ。

三

これも何かの因縁か。

損な役まわりを押しつけられたとしかおもえぬが、一方では「虫穴」の正体を見極めたいという衝動にも駆られていた。

役目柄なのか、生来の性分なのか、わからぬことがあると、とことん突きつめねば気が済まない。奉行所のなかに頼るべき相手もおらぬので、みずからの足で調べまわるしかなかった。

役目終わりの夕刻、渡しの小舟で向かったのは大横川の菊川町河岸、小見川道場にもほど近い本所菊川町の裏長屋である。横山藤内と都が借りていた裏長屋の大家は善兵衛といい、人のよさそうな老人だった。

又兵衛は外廻り用の着流しに着替えてきたが、八丁堀の与力とすぐにわかる髪形までは変えられない。額は広めに小鬢まで剃りあげ、短くした髷は毛先を散らさずに広げ、髱（たぼ）はひっつめで出している。

それゆえ、木戸番口（きどばんぐち）に顔をみせただけで、善兵衛はえらく恐縮してみせた。

「これはこれは、数寄屋橋のほうから。にしても、何故（なにゆえ）、わざわざお越しになったのでございましょうか。横山さまのご妻女が神隠しに遭った件につきましては、知っていることはすべて、本所見廻り（ほんじょみまわり）の旦那方におはなしいたしました」

あらためて考えてみるに、この辺りはおいそれと嗅ぎまわってはならぬ本所見廻りの縄張り（なわばり）内（うち）なのだ。

岡っ引きは五間堀（ごけんぼり）の定六（じょうろく）、同心は福住平八郎（ふくずみへいはちろう）、与力は高見俵助（たかみひょうすけ）というらしい。

この三人に仁義を切らぬかぎり、相手が数寄屋橋からやってきた与力でも下手なことは告げられぬとこぼす。それでも申し訳ないとおもったのか、善兵衛は声を押し殺しながら教えてくれた。

「神隠しも虫穴も、定六親分の口から出たことにございます。触らぬ神に祟（たた）り無しとも仰（おっしゃ）っていましたから、親分なら虫穴の正体をご存じかも」

「さようか、かたじけない。ところで、都どのと同様に行方知れずになった武家の女房が五人もおるそうではないか」

「いったい、誰がそのようなことを」

「猿江裏町の小見川一心斎だ」

「あのむさ苦しい爺さまですか。そういえば、年甲斐もなく、都さまにご執心の様子だったな」

「人を好きになるのに、年は関わりなかろう」

語気を強めても、善兵衛は意外な顔をする。

「還暦を過ぎて色恋沙汰もありますまい。しかも、相手は他人の女房、密通でもしようものなら首がいくつあっても足りませぬ。もっとも、こんな皺首に未練はないと、爺さまは鼻息も荒く言ってのけましたけど。平手さまはあの爺さまと、どういった関わりなので」

「わしの師匠だ。師匠の悪口を言う者は許さぬぞ」

「げっ」

刀の柄に手を添えると、善兵衛は腰を抜かしかけた。

「……ご、ご勘弁を」

「戯れ言だ。行方知れずになった五人の名を教えよ」

「へ、ただいま」

と、受けつつも、知っているのはひとりだけであった。

五人というのは、岡っ引きの定六に告げられた数らしい。

定六の居場所も聞きだし、最後に沢尻から預かった奉書紙をみせる。

「虫穴に落ちてひさぐは妻の春。この字にみおぼえは」

「はて」

「横山藤内の字ではないか」

「ちがいますね」

横山は裏長屋の子どもたちを集め、気が向けば読み書きを教えていた。それゆえ、善兵衛は横山の字を知っており、即座にちがうとこたえたのだ。

「ならば、句の意味はわかるか」

「はて、しっかり者の都さまが春をひさいでいたともおもえませぬ」

「そうか、邪魔をしたな」

又兵衛は丁寧に礼を言い、木戸番をあとにする。

その足で向かったさきは、五間堀川に架かる弥勒橋の北小路であった。

さきほどの大横川や竪川の河岸には「本所」の冠された町名が多く、不規則なかたちの五間堀川周辺は「深川」の冠された町名に囲まれている。来慣れない又兵衛には、本所と深川の境目がよくわからなかった。

善兵衛に告げられたとおり、橋のそばには大きめの自身番が建っている。岡っ引きの定六が多くの時を過ごすところらしかった。

さっそく足を向け、ふらりと敷居をまたいでみる。

低い衝立の向こうで、半裸の男女が絡みあっていた。

棒のように佇んでいると、衝立のうえに年増が白い首を伸ばす。

「ひぇっ、親分、お客人だよ」

まるで、見世物小屋のろくろ首だなとおもった。

すぐさまもうひとつ、鶴首がすっと伸びてくる。

鮹口の四十男が、十手を預かる定六なのであろう。

「邪魔をしてすまぬが、神隠しに遭った女房のことで、ちと聞きたいことがある」

「へ、ただいま……」

鮹口が縞の着物を羽織っているあいだに、年増は草履をつっかけて外へ逃げだした。

「……あの、どちらのどなたさまで」

「南町奉行所の例繰方与力、平手又兵衛だ」

「例繰方与力の平手さま」

首をかしげたくなるのもわかる。内勤の与力が訪ねてくることなど、あり得ぬからであろう。

「何のご用でしたっけ」

「横山藤内の妻女の一件だ。神隠しに遭ったと言ったのは、おぬしであろう」

「ちっ、善兵衛のやつだな」

「正直者の大家をとっちめてはならぬぞ」

「へえ」

「で、どうなのだ」

「どうと仰せになっても、詳しいことは知りやせん。手前勘で神隠しと言ったまでで」

嘘を吐こうとする者は、瞬きしながら眼差しを宙に泳がせる。

定六がまさにそれだった。わかりやすい男である。

「さようか、それなら致し方あるまい」

「え、よろしいので」

「ああ、おぬしに聞くことはもうない。邪魔したな」

踵を返しかけると、背中に声を掛けられた。

「お待ちを。ひとつ伺ってもよろしゅうござんすか」

「何だ」

「平手さまはどうして、横山藤内とご妻女の件を探っていなさるので」

「上に命じられたからよ。ただし、隠密働きゆえ、わしのことは誰にも告げるな。本所見廻りの連中にもな」

「へい、そりゃもう、合点承知之助でさあ」

「ついでに聞いておこうか」

又兵衛は懐中から奉書紙を取りだした。

書かれた文字をみせると、定六の目が釘付けになる。

「この字にみおぼえは」

「ござんせんね」

また、嘘を吐いた。しかも、逆しまに探りを入れてくる。

「虫穴に落ちてひさぐは妻の春か。そいつはどういう意味でやしょうか」

「さあな」

「その奉書紙、どうなされたので」

「知りたいのか」

「いいえ、別に」

「ならば、余計なことは言うまい。それからな、小汚いそいつを仕舞っておけ」

又兵衛は口をへの字に曲げ、定六の股間に顎をしゃくる。

「褌の脇から、鳥の巣がはみだしておるぞ」

「でへへ、こいつはどうも」

間抜けは間抜けなりに慌てふためき、何処かへ導いてくれるにちがいない。

あっさり引きさがったのは、定六の動きを追ってみようとおもったからだ。

外に出て通りを隔てた物陰に身を隠し、四半刻（約三十分）ほど自身番の様子を窺った。

辺りが次第に薄暗くなりはじめた頃、頬被りの定六が外へ抜けだしてくる。

「おもったとおりだ」

気づかれぬように慎重にあとを尾け、五間堀川の縁をぐるりと巡った。

進むさきは何のことはない、又兵衛が菊川町からたどってきた道筋である。

大横川の河岸までは十町ほどあり、五つある四つ辻の周囲には直参旗本の屋敷が並んでいる。

定六は三つ目の四つ辻で足を止め、左右をきょろきょろみまわした。

怪(あや)しい人影のないことを確かめ、角の建物に消えていく。

どうやら、辻番所(つじばんしょ)のようだった。

何軒かの旗本が共同で所有する寄合辻番(よりあいつじばん)であろう。

自身番とは異なり、捕り物の拠点とはならない。川柳にも「辻番は生きた親父の捨て所」とあるように、たいていは老いた隠居が番をしている。蠟燭(ろうそく)や鯣(するめ)などを商(あきな)ってもよいが、見知らぬ者を泊めてはならぬという決まりがあった。行き倒れのおなごを泊めて罰せられた辻番の例もある。

「それにしても」

何故(なぜ)、岡っ引きは辻番へ駆けこんだのか。

しかも、頬被りまでしている理由は何か。

定六をとっちめてでも、知りたくなってきた。

だが、いくら待っても、鮪口はすがたをみせない。

気づけば、低い空に鎌(かま)のように細い月が浮かんでいる。

おもわず、又兵衛は目を逸(そ)らした。

鎌月(かまづき)をみれば不幸に見舞われると、誰かに告げられたことがあったからだ。

迷信など信じぬ性分だが、辻番所の入口を遠くから眺(なが)めていると、妙な胸騒ぎがしてきた。

何せ、灯りも点いておらず、人の気配すら感じられない。

じっと目を凝らしても、漆黒の闇しかみえぬのだ。

「もしや、あれが虫穴か……まさかな」

莫迦げた考えに苦笑しつつも、強くは否定できない。

何しろ半刻（約一時間）余り経っても、定六は外に出てこなかった。

もしや、冥途へつづく陥穽にでも落ちたのだろうか。

「まいったな」

今の時点で踏みこむのが得策かどうか、又兵衛はしばらく考えつづけた。

四

焦って踏みこむのは止め、周囲にそれとなく探りを入れた。

定六がすがたを消した辻番所は、どうやら「黒壁の番所」と呼ばれているらしい。

壁が黒いわけではなく、とりまとめ役の組合年寄をつとめる旗本がふたりおり、各々の頭文字をつけたのだという。

「黒木武兵衛さまの黒に、壁井権左衛門さまの壁、ふたつ合わせて黒壁というわけでして」

教えてくれたのは、辻駕籠の駕籠かきだった。

黒木は西ノ丸御槍奉行、壁井は西ノ丸御旗奉行、いずれも二千石取りの御大身で同心を十名ほどずつ抱える身分だが、泰平の世では不用な閑職だけに暇を持てあましている。ふたりとも居丈高な性分で、常日頃から何かと張りあっており、配下の同心たちのあいだでも小競り合いが絶えぬようだった。

肝心の番人は五十吉という七十過ぎの爺さまだと聞き、ただの辻番所ではないかと気が抜けた。

それでも、夜空に浮かんだ鎌月に不穏な兆しを抱いたせいか。

翌朝も足をはこんでみると、番所の周辺に人垣が築かれている。

「死人だぞ」

と、興奮して叫ぶ者まであった。

人垣を掻き分けて前面に出ると、戸板に男の屍骸が乗せてある。

「うぬっ」

おもわず、又兵衛は唸った。

鮪口の男が土気色の顔で死んでいる。

岡っ引きの定六にほかならなかった。

不審死以外の何ものでもなかろう。

定六は又兵衛が訪ねたあと、頬被りのすがたで辻番所に消えたのだ。

死に追いやった責が自分にもあるのではないかとおもってしまう。

戸板に身を寄せて傷痕を調べると、背中をひと突きにされている。

ほかに金瘡はなく、それが致命傷のようだった。

「真夜中におなごの悲鳴が聞こえたので表に出てみると、定六の親分さんが倒れておりました。抱き起こそうにも、からだがかちんこちんで。亡くなってから、ずいぶん経っていたのでしょう」

黒羽織の同心に応じているのは、鯣のように干涸らびた爺さまだ。

辻番の五十吉であろう。

一方、尋ねているのは本所見廻りの同心にちがいない。会ったことはないが、定六を顎で使っていた福住平八郎だなと察した。

福住もこちらに気づく。

「おい、そこで何をしておる」

矢のようなことばを投げつけられても、又兵衛は表情ひとつ変えない。

「みればわかろう、傷痕を調べておるのだ」

平然と応じるや、福住は背帯から朱房の十手を引き抜いた。

が、すぐに、対峙する相手が町奉行所の与力とわかったようだ。

「……あの、どちらさまで」

「例繰方与力の平手又兵衛だ。そっちは」

「本所見廻りの福住平八郎にござります」

「南町奉行所か。ならば、同じ釜の飯を食う仲間だ」

「はあ」

「それで、下手人らしき者をみた者は」

「今のところはおりませぬ」

「おぬしの見立ては」

「辻斬りか何かではないかと」

惚けた顔は、あきらかに返答を避けている。

こやつめ、ひょっとしたら、事情を知っているのではあるまいか。

関わりの深い岡っ引きの死体を目の前にして、微塵も動揺していない様子が気になった。

「おぬし、傷痕を調べたのか」

「ええ、まあ」

「どうみても、辻斬りで斬られた傷ではないぞ。得物は九寸五分、後ろからひと突きにされておる。おそらく、顔見知りの仕業であろう。油断して背を向けた途端、ぐさりとやられたのだ」

福住は眉を寄せて黙りこむ。

そして、ひらきなおったように問うてきた。

「例繰方の平手さまが、どうしてこんなところへ足労なされたので」

「これもお役目、おぬしには関わりのないことだ」

「はあ」

辻番の五十吉は俯いたまま、顔をあげようともしない。

目尻の深い皺をひくつかせ、じっと耳をかたむけている。

さほど動揺していないのは、死体を見慣れているからなのか。

直にはなしを聞こうとおもい、又兵衛は身を乗りだす。

と、そのとき、背後の人垣がさあっと左右に分かれた。

一団であらわれたのは、直参とおぼしき侍たちである。

七、八人の番士を率いるのは、強面で大柄な男だった。

福住の顔に緊張が走る。

「これは吹石さま」

「福住か、何があった」

「五間堀の定六が殺られました」

「誰に殺られた」

「さあ、わかりません」

「どうせ、辻斬りか何かであろう」

「たぶん、そうだとおもいます」

「面倒は御免だぞ。ちゃっちゃと始末しておけ」

「はっ」

吹石と呼ばれた男は、こちらに目をくれる。

「おぬしは何だ」

「南町奉行所の例繰方与力ですが」

「例繰方と申せば、内勤ではないか。本所見廻りの与力は高見俵助であろう。高見ではなく、どうしておぬしがここにおる」

高飛車に問うてくるので、さすがに腹が立ってきた。

それでもぐっと堪えると、下駄のように四角い顔を近づけてくる。

額のまんなかには、いかにも硬そうな大きな瘤があった。

「おぬし、新参者か。それにしては、薹が立っておるようだがな。高見の頭越しに余計な調べはせぬことだ」

「何故にございましょう」

「高見は上手くやっておる。本所界隈の揉め事は、あやつとこの福住に任せておけばまちがいない。勝手のわからぬ輩が、横からしゃしゃり出るなと申しておるのだ。もっとも、これは高見に愚痴るはなしだがな。まあよい、早々に立ち去るがよかろう」

好き勝手なことをほざき、配下を率いて肩で風を切るように立ち去っていく。

又兵衛は福住を睨みつけた。

「あいつは何者だ」

「黒木家の用人頭、吹石主水之正さまにございます」

御槍奉行配下の同心十人を束ねる小頭でもあり、直心影流の達人なのだという。

「なるほど、直心影流か」

同流では激しい面打ちを避けるべく、柱にわざと額をぶつけて「頭を捨てる」稽古がおこなわれる。それゆえ、同流の上位者には額に瘤のある者が多かった。

福住はふてくされた顔で言う。

「黒木家と壁井家は長いこと諍いが絶えませんでしたが、このところは吹石さまが重石になってくれているおかげで平穏を保っております」

「ふうん」

又兵衛は溜息を吐いた。

「おぬしら、ずいぶん手懐けられておるようだな」

「これも身過ぎ世過ぎ、ああした手合いと上手につきあっていかぬことには、縄張り内の治安は守れませぬ」

言い訳じみて聞こえるが、福住の言い分もわからぬではない。

又兵衛は立ちあがった。

「福住よ、手下の岡っ引きをこんなふうにされて、口惜しくはないのか」

「口惜しいですよ」

「ならば、どうして真相を暴こうとせぬのだ」

「真相にございますか」

福住が嘲笑ったかにみえたので、又兵衛は確信を強めた。

やはり、何か隠し事をしているのだ。

黙して語らぬ理由はふたつ、命を取るぞと脅されているか、金轡を嵌められているかのどちらかにちがいない。

吹石主水之正に脅されているのだろうか。

日頃の親密さを考慮すれば、与力の高見も関わっている公算は大きかった。

知りたいのは山々だが、ここで騒ぎを大きくし、本所見廻りを敵にまわすのは得策ではない。早急に捜しださねばならぬのは、行方知れずとなった横山都の居場所なのだし、虫穴と呼ばれる冥途への入口がほんとうにあるのかどうかだ。

福住を今ここで問いただしても、得られるものは何もなかろう。

別の道筋から探るしかないと判断し、又兵衛は屍骸のそばから離れていった。

五

その足で向かったのは、大家の善兵衛から聞いていた浪人者の住む裏長屋である。

横山藤内と同じく、妻女が行方知れずとなった浪人者のひとりだ。この半年で消えた妻女は五人におよぶと聞いたが、善兵衛が知っていたのは杉本隼人という浪人者で、裏長屋は竪川に架かる三ツ目之橋のそばにあった。

黒壁の番所から、さほど離れてもいない。

杉本の詳しい素姓は知らぬし、本人がいるのかどうかも判然とせず、何か目新しいはなしを耳にできる期待もさほどしてはいなかった。

朽ちかけた木戸を潜って部屋を訪ねてみると、予想どおり、本人は留守にしており、散らかった部屋のなかには五合徳利が転がっている。仕方なく踵を返し、木戸番に大家を訪ねてみた。

「杉本隼人どののはなしを聞かせてもらえぬか」

大家は貧相な五十男で、表情に「迷惑」という二文字を貼りつけている。

仕方ないので持ち馴れぬ十手を抜いてみせると、渋々ながらも重い口をひらいた。

「今はただの呑んだくれですよ。博打で身を持ちくずし、方々から借金をしては踏み倒している。大きな声じゃ言えませんが、ありゃただの屑ですね」

「今はと申したが、むかしはきちんとしておったのか」

「嘘か真実かわかりませんが、三年前までは津軽さまの剣術指南役だったとか」

「ほう、津軽さまのな」

本所二ツ目に上屋敷を、亀戸天神の裏に広々とした抱え屋敷を持つ。陸奥の北端に広大な領土を抱える十万石の雄藩である。津軽家の剣術指南役だったとすれば、一流の剣客であることはまちがいなかろう。

「それがどうして裏長屋なんぞに」

「支藩の剣術指南役との立ちあいで負けちまったそうで」

楽に勝たねばならぬ立ちあいで惨めに負け、藩の面目を潰してしまった。それゆえ、その場で御役御免となり、下野せざるを得なかったらしい。

支藩は一万石の黒石藩だと聞き、又兵衛は身を乗りだした。

横山藤内が黒石藩の元剣術指南役だったことをおもいだしたのだ。

あらかじめ筋書きが決められた立ちあいにもかかわらず、横山が忖度なく挑んで勝ったとすれば、黒石藩の連中も慌てたにちがいない。勝った横山のほうも下野させられたことは容易に想像できる。

ただし、大家は杉本を負かした者の名や三年前に起こった立ちあいの詳しい顚末までは知らなかった。

又兵衛は肝心なことを聞いた。

「杉本隼人の妻女は神隠しに遭ったと聞いたが」

「世間ではそんなふうにも言われておりますがね、旦那に売られちまったんじゃないかと、わたしはおもいます」

「まさか、酒や博打の金欲しさに、妻女を売ったと申すのか」

「人としてどうかとおもいますけど、あのひとは酔うと前後の見境がつかなくなる。ご妻女を売ったと聞いても、長屋の連中は驚きませんよ」

「そのはなし、本所見廻りには喋ったのか」

「ええ、申しあげましたよ。でも、福住の旦那に叱られました。こいつは神隠しにちがいないから、手前勘でものを言うなと」

本所見廻りは一連の出来事を、あくまでも「神隠し」で済ませたいかのようだ。

又兵衛は問いを変えた。

「ときに、虫穴というのを聞いたことは」

「さあ、存じあげませんけど。それにしても運が悪いったらありゃしない。迷惑な店子を引きうけちまったもんです」

大家は溜息を吐き、杉本の潜伏していそうなさきを教えてくれた。

さっそく、その足で向かう。

やってきたのはほかでもない、亀戸天神の北隣にある津軽藩の抱え屋敷であった。

大家が言うには、離れの中間部屋では折助どもの差配で昼の日中から丁半博打がおこなわれているという。

裏口にまわってみると、何人かの客が出入りしている。

何気ない様子で内へはいると、強面の折助に誰何された。

「見掛けねえ御仁だな。ひょっとして、捕り方の旦那か。それなら、入れさせるわけにゃいかねえ」

「ひとを捜しているだけだ。何もせぬから入れてくれ」

「誰を捜していなさる」

「杉本隼人という浪人者だ」

埒があかぬので正直にこたえると、折助は怪訝な顔をする。

「その酔いどれ侍なら、今さっき外に放りだされたはずだぜ」

「まことか」

「ああ、元剣術指南役が聞いて呆(あき)れらあ。ありゃ、ただの食い詰め者だぜ。野良犬と同じさあ」

礼も言わずに背中を向け、裏木戸から外へ飛びだした。

足早に周囲を彷徨(うろつ)き、露地裏の袋小路にそれらしき人影をみつける。

うらぶれた浪人者が薄暗いなかで正座し、脇差(わきざし)を抜こうとしていた。

「おい、待て」

又兵衛は叫ぶなり、脱兎(だっと)のごとく駆ける。

浪人者は虚(うつ)ろな眸子(まなこ)でこちらをみつめ、白刃(はくじん)を首筋に持ちあげていった。

「死ぬのか。死んだら、鼠の餌(えさ)になるだけだぞ」

駆けながら問いかけると、杉本らしき男は口から泡を飛ばす。

「本望だ。鼠の餌になるなら本望だ」

語尾が途切れたところで、どうにか間に合った。

「杉本隼人どのだな」

冷静に語りかけると、男は振りあげた右手を下ろす。

「どうして、わしの名を知っておるのだ」

この世に呼びとめられた理由を知りたいらしい。

「本名を呼ばれたのは、何年かぶりでな。借金をする相手にも、別の名を名乗っておった。門番や博打場の小悪党どもでさえ、わしの名を呼んでくれなくなった。なのに、どうして見も知らぬあんたが本名を口にする」

「妻女が行方知れずになったと聞いた。そうなのか」

「ああ」

「この字にみおぼえは」

又兵衛は懐中から、例の奉書紙を取りだしてみせた。

杉本は首を横に振る。「虫穴」も知らぬと応じたが、句を詠みながら涙声になった。

「……さ、妻の恵は神隠しに遭ったのではない。わしを生かすために、自分の身を売ったのだ」

「自分から出ていったと」

「ああ、わしに相談もせずにな」

妻女が消えた翌日、風采のあがらぬ年寄りが裏長屋を訪ねてきたのだという。

「干涸らびた燻製のような爺さまか」

「ああ、たぶんな」

ひょっとしたら、五十吉という辻番かもしれない。だが、顔はよくおぼえていないという。

「たぶん、あやつは女衒だ。床に小判を三十枚並べ、この金で奥方を買ったから証文に名を書いてほしいと言われた。その場で斬ろうとおもったが、わしにはできなかった。せめて行き先だけでも聞かせてほしいと頼んだが、もちろん、教えてもらえるはずはなかった。とどのつまり、わしは金に転んだ。何日かで消えてなくなる金と引き換えに、かけがえのない妻を失ったのだ」

悔やんでも悔やみきれぬ。このうえは死んで恵に詫びるしかないと、このところは毎日のように脇差を抜いては首筋にあてがうという。

「されど、死ねぬ。人というものは、簡単に死ねぬものだ。きっと、明日は今日よりもましになっている、むかしの自分に戻って、恵を取りもどすのだ、とな。そうした気持ちがわずかでも残っておるかぎり、あと一日だけでも生きてみようと藻掻く。その繰りかえしだ」

又兵衛は迷ったあげく、ぼそりと問いかけた。

「横山藤内を知っておるか。三年前、立ちあいでおぬしを負かした相手だ」

「忘れるはずはなかろう。立ちあいで負けたせいで、わしは御役御免となった。

されど、横山どのを恨んではおらぬ。むしろ、尋常に勝負してくれたことを感謝しておる。横山どのは剣客として、当然の礼節を尽くしてくれたのだ。むしろ、恨むべきは楽に勝てる筋書きを描いた上の連中であろう」

「横山藤内が御役御免になったことは知っていたのか」

「ああ、噂に聞いた。おたがいに下野することがわかっていながらも、立ちあいで我を枉げることはできなかった。剣の道を志す者の性にほかならぬ。勝負で負けたあとも、わしは爽やかな気持ちでおった。恵とて同じだ。正々堂々と闘ったわしを手放しで褒めてくれた。恵は上役の息女だ。わしと別れて生きる道もあったに、下野したわしに従いてきてくれた。そんな妻を、わしは三十両の端金で売ったのだ。くそっ」

「横山藤内の妻女も行方知れずになったぞ」

「えっ」

「藤内も行方知れずだ。わしはふたりを捜している」

「……そ、そうであったか」

「妻は夫の仕官を祈念すべく、摩利支天宮の境内でお百度を踏んでおったそうだ。もしかしたら、おぬしの妻女に似て優しいおなごだったのかもしれぬ」

「……うう、恵」

杉本は嗚咽を漏らしはじめる。

たしかに、三年前の立ちあいで誰かの筋書きどおりに動かなかったことは称賛に値しよう。

だが、どうして、ここまで落ちぶれるまえに立ちなおることができなかったのか。

妻に甘え、自分を甘やかし、惨めな暮らしから逃れるべく酒に溺れるしかなかったのだとしたら、可哀相だが、自業自得と言うしかない。

「博打も酒も断ち、木刀を振るところからはじめるのだな」

それが立ちなおる唯一の方法だと、又兵衛は突きはなすように告げた。

莫迦になってひたすら木刀を振りつづければ、いつかは幸運も転がりこんでこよう。

人はわずかでも希望を抱けば、生きつづけることができる。

又兵衛は信念を込めてうなずいたが、杉本に気持ちが届いたかどうかはわからない。

ともあれ、後ろ髪を引かれるおもいで袋小路に背を向けるしかなかった。

六

気分が落ちこんだときは、美味いものが食べたくなる。

又兵衛は八丁堀の屋敷には戻らず、常盤町の片隅に向かった。

楓川沿いの一角に「鍼灸揉み療治　長元坊」と、金釘流の墨文字で書かれた看板がある。

評判の鍼灸療治所を営むのは、幼馴染みの長元坊だ。

ちょっと見は見越入道のようだが、繊細な味付けの料理を作る。

ちょうど昼餉の頃合いだし、卯月は初物が豊富ゆえ、大いに期待も高まった。

「邪魔するぞ」

気軽な調子で敷居をまたぐと、患者がひとりいるらしい。

「あっ、痛っ……じゃない、気持ちようございます」

おなごだ。

抜き足差し足で近づいていく。

――なあご。

家猫の長助が足にまとわりついてきた。

飼い主の意のままにならぬ三毛猫で、又兵衛もそこが気に入っている。

ひょいと療治部屋を覗くと、大きな坊主頭が布団のうえに覆いかぶさっていた。

「……お、お願いです。優しくしてください」

おなごの声は艶めいて聞こえるが、よくみれば腰のあたりに鍼を打たれているにすぎない。

「紛らわしいな」

又兵衛が溜息を漏らすと、長元坊が後ろもみずに喋りだした。

「竈祓えの巫女さんがな、やんもしろやあらかたやと懸命に祝詞を唱えたあげく、腰をぎっくりやっちまったのさ。本人にしてみりゃ笑えねえはなしだが、おれは可笑しくてたまらねえ。鍼を打つ手も震えるほどさ」

「ご堪忍を。もそっと優しく、お頼み申します」

「へへ、色っぽい声を出しやがって。おい、又兵衛、妙な気を起こすんじゃねえぞ」

「莫迦を言うな」

力んだ途端、腹の虫が「ぐぐう」と鳴いた。

長元坊は笑いだす。

「そうだな。おめえは色気より食い気のほうだ。巫女さんを昇天させたら、美味え飯を食わせてやるよ」

勝手のほうへ向かうと、井戸水を張った盥のなかに鯉が泳いでいた。

「二日も泳がして泥を吐かせたのさ」

「ふうん」

「気のねえ返事だな。鰹でも期待したか。ふん、初鰹なんざ、成金が見栄で買うもんだぜ。初物なら、浅漬けにした茄子がある」

それでいっこうにかまわない。鰹のたたきがあればなおいいが、上を望んだらきりがなかろう。

盥の縁に長助が近づき、悠々と泳ぐ鯉をじっと眺めている。

「大丈夫だ。知ってのとおり、贅沢な猫でな、川魚にゃ見向きもしねえ」

長元坊は長太い鍼を取りだし、細い腰のまんなかをめがけて、ぶすっと無造作に刺してみせる。

「うぃーっ」

巫女は海老反りになり、白目を剝いた。

「感度がいいな。ほれ、起きてみな」

着物を羽織り、巫女はごそごそ起きだす。

「ありゃ、少しも痛くない」

「だろう。長元坊さまの鍼にかかりゃ、嘘みてえに痛みは消える。ついでだ、おめえも飯を食っていけ」

長元坊は療治道具を仕舞うと、さっそく勝手に立った。

盥の鯉をたもで掬い、素早く俎板のうえに載せる。

「ほうら、尾鰭をばたつかせていやがる。立派な鯉だろう。何せ、溜池で釣ったやつだかんな」

「おいおい、溜池は禁漁だろうが」

「守っているやつがいるか。御濠にも穴場はいくらでもあるんだぜ」

「そのはなし、十手持ちに聞かれたら手鎖になるぞ」

「ぬへへ、おめえも十手持ちの端くれだろうがよ」

鯉は目をふさぐとおとなしくなる。長元坊は大きな掌で鯉の目をふさぎ、包丁の背で眉間を叩いた。

肝心なのは肝を潰さぬことだ。

薄い鱗は落とさず、腹のほうからすっと包丁を入れて三枚におろす。

おろした身は厚めの羽根切りにし、生臭さを除くために冷水で手早く洗わねばならない。

長元坊の動きは、文字どおり、水を得た魚のようだった。

つけ汁の酢味噌を擂り鉢で擂り、手際よく平皿に鯉の刺身を盛りつける。

「おまちどおさま、鯉のあらいのできあがり」

蚕豆の塩茹でと大根の葉を使った菜飯も出されてくる。

味噌汁の実は大振りの業平蜆、初茄子の浅漬けも忘れてはいない。

「三人で酒盛りでもするか」

非番なので、断る理由はなかった。

神に仕える巫女も断ろうとしない。

「やんもしろや、あらかたや、あらかたや……」

と、わけのわからぬ祝詞を唱え、銚釐で温燗の酒を注がれると、遠慮会釈もなく盃をかたむける。

「ほう、いい呑みっぷりじゃねえか。竈の神さんも呆れちまうぜ」

巫女は恥ずかしいのか、それとも酒のせいかはわからぬが、顔を真っ赤にして俯いた。

ていない。

「ところで、何かあったのか」

と、長元坊がこちらに水を向けてくる。

さすが、長年つきあっているだけあって、ただ飯を食いに来ただけとはおもっていない。

「じつは、虫穴というものを捜しておってな」

「虫穴、何だそれ」

長元坊は首をかしげ、巫女は頰を強張らせる。

「なるほど、巫女さんはご存じかもしれぬ。冥途への入口らしいからな」

又兵衛は鯉の刺身を堪能しつつ、ここ数日の経緯をかいつまんで説いた。

「ふうん、そんなことがあったのか」

巫女が何やら喋りたそうにする。

それに気づいた長元坊が気を利かして口を添えた。

「おめえは竈祓えだから、直参旗本の屋敷にも出入りできる。もしや、西ノ丸の御槍奉行や御旗奉行の屋敷にも招じられたことがあんのか」

「ござります。ことに、御槍奉行の黒木さまは酷いお方です」

邸内で相撲やら闘犬やらを頻繁に催し、その際、勝ったほうに褒美が与えられるというのである。当初は贅沢な反物や大判などだったが、近頃は生身のおなごを褒美にしている。

「ただの噂にございます。されど、黒木さまの御屋敷で、わたしもご主人さまから手込めにされかけました」

神の祟りがあると喚いてどうにか危機を脱したが、奥の部屋からは襖越しに女たちの啜り泣きが聞こえてきたと、巫女は震えながら告白してくれた。

「そいつは許せねえな」

と、長元坊は息巻いてみせる。

むかしから腕っぷしが強く、女と猫を苛める輩を許せぬ性分なのだ。

「又よ、消えた浪人者の妻女捜し、おれも一枚嚙ませろ」

頼んだわけでもないのに、長元坊は高らかに宣言する。

又兵衛は酒を注いでやった。

蚕豆の塩加減は申し分ないし、業平蜆の味噌汁はあいかわらず美味い。

初茄子はぷつっと嚙んだ途端、旬の香りが口いっぱいに広がった。

立ち寄った甲斐があったなとおもい、巫女の盃にも酒を注いでやる。

若い巫女は遠慮しながらも、盃を一気に呷った。

「やんもしろや……」

「待て、そいつは何の呪文だ」

「手込めにされぬためのお呪いにございます」

そう言って、おほほと妖艶に微笑む。

ひとりで抜けたら、長元坊が骨抜きにされてしまうかもしれぬ。

又兵衛は余計な気をまわし、八つ刻（午後二時頃）まで腰をあげずにいた。

途中で巫女は去ったので、ほろ酔い加減で療治所をあとにする。

八丁堀の屋敷に戻ると、静香が待ちかまえていた。

「お昼にお師匠さまがおいでになりました」

久方ぶりに、一心斎がわざわざ訪ねてきたらしい。

「お土産もいただいたのですよ」

鯉であった。御濠の穴場で釣った大物だという。

「御濠か、まいったな」

溜息を吐きながらも、胸騒ぎを禁じ得なくなる。

「言付けはないか」

「ございません。鯉のあらいで一杯飲りたかったと仰って」

知らぬ仲ではないので、一心斎にいつもと変わったところがあれば、静香も気づいたはずだ。

「言われてみれば、少し気落ちしておられるようにもみえました。ご心配なら、今から伺ってみたらいかがですか」

「そうだな」

静香にも促され、家にあがらずに踵を返す。

鎧の渡しで小舟を仕立て、箱崎から三つ股へ抜けていけば、それほど時を掛けずに着くこともできよう。

人通りの少ない本八丁堀の往来を、又兵衛は飛ぶように駆けていった。

七

まだ陽のあるうちに、猿江河岸の桟橋に着いた。

杏色の陽光を背にして陸にあがり、畦道を通って古い社のある雑木林を抜けていく。

「つきひーほし、つきひーほし」

突如、棲息しているはずのない鵤の鳴き声が聞こえてきた。

しかも、梢のほうからではなく、すぐ脇の藪からだ。足を止めて身構えると、十六、七の小娘がぴょこんと飛びだしてきた。

「ほうら、やっぱり又兵衛はんや」

「おたみか……」

驚きすぎて、ことばが出てこない。

「一年ぶりに戻ってきたんや。もっと嬉しい顔してほしいな」

「……そ、そうだな。いつ戻った」

「昨日や。品川宿の木賃宿に泊まって、朝になったら道場に行こうおもうとったんや。そやけど、爺っちゃんが待っててくれてはるともかぎらんやろ。そうおもうたら、何やら恐ろしゅうなってな、雑木林で半日も道草を食っておったんや」

又兵衛に相談してみることも考えたらしい。

「そしたらちょうどそこへ、懐かしい人影がやってくるやないか。嬉しゅうなってな、鵤の鳴き真似をしたのや」

「以心伝心だな」

「そら、どういう意味や」

「離れておっても、心が通じあっているということさ」

「爺っちゃんは迷惑がるのやないやろか」

「心配するな。首を長くしておぬしを待っておるわ」

「ほんまか」

「ああ、おぬしの顔をみれば、十は若返るであろうよ」

「ほな、会いにいってもかめへんな」

「もちろん、今からいっしょにまいろう」

肩を抱いて促しつつも、胸中には暗雲が走りぬけた。

一心斎の頭のなかは、おそらく、行方知れずになった人妻のことでいっぱいになっている、などと告げたら、おたみは大和へとんぼ返りしてしまいかねない。

「ひとつ、確かめてもよいか」

摩利支天宮の鳥居を眺めつつ、又兵衛はおたみに問うた。

「おぬし、お師匠をどうおもっておる」

「えっ、どうって。旦那さまに決まっとるやないか」

「お師匠は還暦を過ぎておる。それでもよいのか」

「年の差なんざ屁の河童や。貯えがないのもわかっとるしな」

剽軽で頑固な年寄りのいったいどこに惚れたのか。

正直、又兵衛は首を捻(ひね)りたくなった。

「わてかてわからへん。そばに置いてほしいだけなんや」

それゆえ、大和には何ひとつ未練を残さず、一生を一心斎に捧げるつもりで、遥々(はるばる)、東海道を下ってきたのだという。

「兄(あん)ちゃんが逝(い)ってしもうて、天涯孤独になった。そんとき、爺っちゃんの顔をおもいだした。わてには爺っちゃんがいる。帰るところがあるって、心の底から安堵(あんど)したのや」

「さようか」

感謝のことばもなかった。

浮気者の一心斎には、おたみの爪の垢(あか)でも煎(せん)じて呑ませねばなるまい。

道場に着いた。

おたみは懐かしそうな顔をする。

そして、我慢できなくなったのか、冠木門を潜(くぐ)って叫んだ。

「爺っちゃん」

さらに駆けようとしたところを、又兵衛が咄嗟(とっさ)に止めた。

朴(ほお)の木陰から、殺気を帯(お)びた人影が飛びだしてくる。

おたみの襟を強引に掴み、後ろに引き倒した。

と、同時に、白刃が鼻面を嘗める。

――ひゅん。

刃風が睫毛を震わせ、股間を縮みあがらせた。

背帯の十手を抜くや、相手は後方へ跳び退く。

「ふん、初太刀を躱されるとはな」

黒い布で鼻と口を隠している。そのせいで声はくぐもって聞こえたが、額の瘤だけは隠せない。

吹石主水之正、黒木家の用人頭にまちがいなかろう。

「爺が言ったことはまことのようだ。おぬし、江戸でも五指にはいるほどの遣い手らしいな。しかも、南町奉行の筒井伊賀守から隠密御用を下されておるとか。いったい、何を調べておる」

「お師匠をどうした」

「聞いておるのはこっちだぞ」

「お師匠の安否を聞くのがさきだ」

「ぴんしゃんしておるさ。あやつめ、わしらのもとへ訪ねてくるなり、神隠しの真相を教えろとほざきおった。よぼの爺のくせに、他人の女房に岡惚れしたらしゅうてな。まあ、わからんでもない。ふふ、他人の女房と河豚汁は格別に美味いと申すからな」

美味くても毒に当たればあの世逝き、所帯持ちならどちらも避けるのが賢明と戒めるべきであろう。

おたみの反応が気になって、はなしに集中できなくなる。

瘤侍はつづけた。

「みなで袋叩きにしたらば、ようやく静かになりおった。されど、すぐに息を吹き返してな、横山都に会うまでは死ねぬと、水牢のなかで叫んでおったわ」

「水牢に閉じこめたのか」

「さあな。ふふ、心配か。たったひとりの弟子なら致し方あるまい」

「おぬしら、横山藤内の妻女を拐かしたのか」

「手前勘でものを言うと、師匠の二の舞いになるぞ。もっとも、おぬしにはこの場で死んでもらわねばなるまいがな」

吹石らしき瘤侍は、切っ先をやや落とした青眼に構えた。

直心影流、陽の構え。表向きの立ちあいでは禁じられている必殺の構えだ。

「しゅう、しゅう」

独特の呼吸法は蝮のごとき不気味さで、気を練りながら躙りよってきた。

泥牛鉄山を破るの喩えどおり、低い姿勢で突進してくるにちがいない。

乾坤一擲の一手は真っ向唐竹割りの村雲か、一刀目を受けた拍子に二刀目が逆方向から襲いかかる竜尾返しか、それとも、まっすぐに喉元を狙った神妙剣か、脳裏に浮かぶだけでも必殺技は三つあった。

いずれにしろ、短い十手では歯が立たぬ。

又兵衛は十手を背帯に差し、腰の刀を抜いた。

刀身に輝きはない。

刃引刀なのだ。

が、幸いにも陽は翳っており、それと悟られる恐れはなかろう。

とりあえず、勢いを止める役目くらいは果たしてくれるはずだ。

「まいる」

吹石は泥牛のごとく土を蹴り、からだごと突っこんでくる。

「とあっ」

二尺五寸ほどの刀身が、ぐんと面前に伸びてきた。

突きか。

神妙剣だと察するや、切っ先がひょいと持ちあがる。

意外にも、眉間割りを狙った刺し面であった。

「ぬおっ」

下からおもいきり払うしかない。

又兵衛は即座に反応した。

――がつっ。

刃（やいば）と刃がぶつかった瞬間、刃引刀がぐにゃりと曲がる。

これが功（こう）を奏（そう）した。

何と、曲がった刃の先端が、相手の頬に刺さったのだ。

「くっ……」

吹石は頬から血を垂らし、門のほうへ後退（あとずさ）っていった。

「……刃引刀とはな。つぎは命がないとおもえ」

捨て台詞（ぜりふ）を残し、背をみせて去っていく。

又兵衛は長々と息を吐いた。

九死に一生を得るとはこのことだ。

されど、のんびりしているわけにはいかない。

一心斎を一刻も早く助けださねばならなかった。

「又兵衛はん……」

おたみが今にも泣きだしそうな顔で尋ねてくる。

「……爺っちゃんは、誰かに岡惚れしたんか」

どうやら生死よりも、そっちのほうが気になるらしい。

「横山都って誰や。わてより好きなおなごができたんか。どないなんや、あんた、一番弟子なら知らんはずないやろ」

崖っぷちから逃れたばかりだというのに、別の崖っぷちに立たされた気分だ。

取り繕おうとすれば、墓穴に嵌まるだけであろう。

「わしは知らぬ。お師匠に聞いてくれ」

又兵衛は動揺を隠し、苦しまぎれに応じるしかなかった。

八

翌朝、南町奉行所。

上に掛けあっても詮無いとは知りつつも、又兵衛は内与力の御用部屋を訪ねた。

剣の師匠である小見川一心斎が西ノ丸御槍奉行の本所屋敷に幽閉されている。伊賀守さまのお力をお借りして救いだしていただけまいかと泣きついても、沢尻は鼻白んだ顔で一笑に付すだけだ。

「御奉行のお手を煩わせるなら、黒木某と配下の悪行を証し立ててみせねばならぬ。おぬしは潰れかけた道場で黒覆面の賊に襲われたという。じつは、その賊が黒木家の用人頭で、おぬしの師匠を水牢に閉じこめているようだ。おぬしの師匠は、行方知れずになった武家の妻女を捜しに同家を訪ねたらしい。この一件には一連の妻女拐かしが絡んでいるはずだと説かれても、何ひとつ裏付けはない。となれば、いかに御奉行とて、直参旗本に強意見できるはずもなかろう。さようなこと、赤子でもわかるはず。悪いことは言わぬ、味噌汁で顔を洗うて出直してまいれ」

情の欠片もないことばを浴びせられ、さすがの又兵衛も臍を曲げた。

こうなれば単身で躍りこんでやると、奉行所から威勢よく飛びだし、先祖伝来の宝刀を取りに八丁堀の屋敷へ舞いもどる。

と、そこへ、一心斎がひょっこり顔をみせた。

おたみが昨晩から身を寄せているのも知らず、戯けた調子で「いやあ、まいったまいった」と頭を掻きながら、表口の上(あ)がり端(ばな)にへたりこむ。

「静香、水をくれ。何なら、酒でもいいぞ」

と、他人の女房を呼びつけ、襟をはだけて壁に背をもたせかけた。

「お師匠、いったい何があったのですか」

又兵衛の問いにも応じず、一心斎は面倒臭(めんどうくさ)そうに欠伸(あくび)をする。

さすがに腹を立てると、廊下の向こうから跫音(あしおと)が近づいてきた。

静香かとおもえば、おたみが盆に湯呑(ゆの)みを載せてくる。

「あっ」

一心斎は入れ歯を外しかけた。

瞬(まばた)きも忘れ、惚(ほう)けた面(つら)でおたみをみつめる。

おたみはそばまで近づき、盆を床に置いた。

黙って一歩踏みだすと、右手を大きく振りあげる。

――ぱしっ。

小気味よい音が響き、柘植(つげ)の入れ歯が吹っ飛んだ。

鼻血まで垂らしても、一心斎は惚けたままでいる。

「阿呆(あほ)、どれだけ心配したかわかっとんのか」

おたみはわっと泣き、一心斎の首に抱きつく。

「……す、すまぬ」

息が詰まって苦しいのだろう、白髪の師匠は白目を剝く。

又兵衛は身を捻じいれ、ふたりを強引に引き離してやった。

一心斎は涙目でおたみをみつめ、何度もうなずいてみせる。

「そうかそうか、よう戻ってきてくれたな」

「わてより好きなおひとができたんやろう。正直に言うてくれへんか」

「待て、誰がさようなことを……さては又兵衛か、こやつが余計なことを喋ったのか」

「又兵衛はんは悪うない。爺っちゃんを助けようと、必死になってくれはったのや」

「弟子なら当然じゃろう。ところで、おたみはどこまで知っておる」

「横山都いう武家の奥方に岡惚れしたっちゅうはなしや」

「待て、岡惚れなんぞしておらぬ。色気に当てられただけのことじゃ」

惚れるより質が悪いような気もするが、おたみは安堵の溜息を吐いた。

一心斎はしおらしく謝りつづける。

「許してくれ、淋しかったのじゃ。最愛のおなごがおらぬようになってのう。よこしまな気持ちを抱いたのも、どうしようもない淋しさを埋めるためだったにすぎぬ」

　おたみは眸子(まなこ)を輝かせた。

「最愛のおなごって」

「決まっておろう、おぬしのことじゃ」

「ほんまか。わてをそうおもうてくれはるんか」

「おもうておる。わしが嘘を吐(つ)いたことがあるか」

「爺っちゃん」

　おたみは半泣きで叫び、またもや年寄りの首に抱きついていく。

　今度は一心斎のほうも上手に受けとめ、ふたりはしばし抱きあって離れなくなった。

「やれやれ、みておられぬ」

　首を振りながら廊下の片隅に目をやれば、静香と母親の亀(かめ)も様子を窺っている。

　父親の主税だけは昼寝でもしているのか、幸いにもすがたをみせなかった。

「ちょっと、よろしいですか」

又兵衛が痺れを切らして尋ねると、一心斎はとろんとした眸子を向けてきた。

「何じゃ」

「黒木屋敷の水牢に閉じこめられたと聞きましたが」

「おう、そうじゃ。あまりに冷とうてな、死んだふりをしたら水牢から出され、誰かに布で手足をさすってもろうたのじゃ」

「誰です」

「わしよりしょぼくれた爺さまじゃ。屋敷に雇われた下男かもしれぬ。それでな、いつの間にか眠ってしもうて、気づいたら表の辻番所におったのじゃ」

「黒壁の番所にござりますか」

「そんなふうにも呼ばれておったかもしれぬ」

「助けてくれたのは、五十吉という辻番でござりますな」

「そやつしかおらなんだら、たぶん、そやつであろうよ」

「しっかりしてくだされ」

「無理を申すな。水牢から逃れてまいったのじゃぞ」

「何か言伝は」

「おう、そうじゃ。こいつを辻番から預かった。何故か知らぬが、おぬしに渡してほしいそうじゃ」

又兵衛は奉書紙を手渡された。

——善行を重ねて旅す黄泉路まで。

と、下手くそな字で川柳が記されている。

沢尻に手渡された奉書紙の筆跡と同じだ。

「あっ」

覗きこんだおたみが驚いた声を漏らす。

「その字、みたことがある」

「まことか」

「うん、懸巣のおっちゃんの字や」

「懸巣のおっちゃん」

一年近くまえに捕縛された数珠掛け一味は、鳥の鳴き真似を合図に使う群盗だった。頭目の喜惣治は磔獄門になったが、懸巣の異称で呼ばれた手下のひとりはそれ以前に一味から離れていたため、難を逃れたらしかった。

又兵衛は身を乗りだす。

「名は五十吉ではないのか」

「名までは知らん。兄ちゃんに連れていかれたさきで、一度だけ会うたことがある。そんとき、紙切れに川柳をさらっと書いてくれたんや」

「おぼえておるのか、その川柳」

「忘れられへん。『悪行を重ねてまでもなぜ生きる』と、おっちゃんが書いてくれはったんや」

胸にずんと響く問いかけだった。駆けだしの小悪党だった兄に向かって、足を洗えと遠回しに言ってくれたのだと、おたみはおもったらしい。

「これも因縁だな」

悪党はつきあいの濃淡に関わりなく、どこかで繋がっている。同じ穴の狢どもが狭い穴のなかで蠢いているようなものだ。おたみが知っている「懸巣のおっちゃん」が五十吉であっても、別に驚くようなことではない。

それにしても、五十吉はどうして、意味深長な川柳を託したのだろうか。

「『善行を重ねて旅す黄泉路まで』か。あらためて詠んでみると、まるで、おのれの死を予感しておるかのようじゃな」

一心斎の言うとおり、せめて死の間際までは善行を重ねたいという気持ちのあらわれにも受けとれる。

懸巣と呼ばれていた頃の罪を償いたいのであろうか。

御奉行の駕籠にまで紙を投じたのは、直参旗本の卑劣なおこないを暴いてほしいとおもったからかもしれない。

どっちにしろ、本人に確かめてみれば、句に託した意図は判明する。

横山藤内や杉本隼人の妻女が「神隠し」に遭った経緯も、五十吉なら知っているかもしれない。

何やら胸騒ぎがする。

今からすぐにでも、五十吉に会いにいかねばなるまい。

「辻番所におらぬときは、回向院裏の大番屋におるそうじゃ」

一心斎が言った。

二十坪近くの大番屋には、本所見廻りの連中が屯しているはずだ。

仮牢もあれば穿鑿部屋もあり、拷問道具も一式揃っている。

「まずいな」

又兵衛は勘をはたらかせ、大番屋のほうへ直に向かうことにした。

九

回向院の境内では、晴天十日の勧進相撲が千穐楽を迎えつつある。裏の一角から誰かの悲鳴が漏れたとしても、すぐさま、表の喧噪に掻き消されてしまうにちがいない。

大番屋に踏みこむなり、又兵衛は血腥い臭いを嗅ぎとった。

小者たちが胡乱な目を向けてくる。

土間には責めに使う笞や伊豆石が転がっており、罪人が石抱きの際に座らされる十露盤板には血痕がこびりついていた。

「穿鑿部屋は」

できるだけ冷静に尋ねると、小者たちは黙って奥の板戸に目をくれる。

又兵衛は履き物も脱がず、土足で板の間にあがった。

大股で歩みより、奥の板戸を左右にひらく。

さほど広くもない部屋の天井から、後ろ手に縛られた男が吊るされていた。

床は水浸しだ。同心の福住平八郎が上半身裸の恰好で仁王立ちしている。

柄杓を手にした福住の隆起した両肩からは、濛々と湯気があがっていた。

部屋の片隅には床几（しょうぎ）が置かれ、狡猾（こうかつ）そうな狐顔（きつねがお）の与力が座っている。

高見俵助であろう。

「何だおぬしは」

高飛車に誰何（すいか）され、又兵衛は眉間に皺を寄せる。

「例繰方与力の平手又兵衛だ。その吊責（つるしぜ）め、御奉行の許しを得たうえでやっておるのか」

「藪から棒に何を申しておる。御奉行の許しなどないわ」

「されば、禁じ手であろう。相手がどのような悪党でも、得手勝手（えてかって）に吊責めをやってはならぬと戒められておろうが」

高見が嘲笑（あざわら）う。

「さすが例繰方、杓子定規（しゃくしじょうぎ）にしかものを考えられぬらしい。この辻番は岡っ引きの定六を殺（あや）めた。理由なんざどうでもよいが、手っ取り早く定六を殺めたと自分の口で吐かせねばならぬ」

「手っ取り早くだと」

「ああ、そうだ。知ってのとおり、今日は勧進相撲の千穐楽、結びの一番で稲妻（いなずま）雷五郎（らいごろう）と阿武松緑之助（おうのまつみどりのすけ）が五分の星でぶつかる。大関（おおぜき）同士の一戦を見逃すわけにはいかぬであろうが」

「相撲を観るために、吊責めにしたと申すのか」

「ふん。辻番の老い耄れがひとり死んでも、悲しむ者なんざおらぬ。ちゃっちゃと済ませて、獄門台へ送ればよいだけのはなしだ。わかったら、尻尾を巻いて出ていけ。本所見廻りの縄張り内でうろちょろするな」

「そうはいかぬ」

「何だと」

隣で気色ばむ同心の福住を、高見は片手で制した。

「おぬし、平手又兵衛とか申したか。御奉行直々の密命を受けておるそうだな。神隠しに遭った浪人者の妻女を捜しておるのか」

「そうだと言ったら」

「どこまで摑んでおる」

「少なくとも、横山藤内の妻女は神隠しなどではない。摩利支天宮の境内でお百度を踏んでいたとき、無頼の侍どもに拐かされたのだ」

「証しは」

「宮司か巫女に聞けばわかろう。もっとも、おぬしらに口止めされておるかもしれぬがな」

「これは異なことを抜かす。十手持ちのわしらが直参の無頼侍どもに加担しておるとでも」

「それが露見せぬように、おぬしらは動いておるのではないか。この吊責めもそうだ。事情を知る辻番の口を封じるためにやっておるのであろう」

「聞き捨てならぬ。手前勘でものを言えば役を解かれるぞ。それどころか、仲間を売った罪で斬首になるやもしれぬ。勝手のわからぬ例繰方が、海千山千の本所見廻りに勝てるわけがないのだ。ふふ、こっちの出方次第では、内勤与力のひとりやふたり、どうにでもなるというはなしさ」

高見は勝ち誇ったような顔をする。

そこへ、小者が声を掛けてきた。

「高見さま、そろりと結びの一番がはじまります」

「おっと、さようか。こうしてはおれぬ。ともあれ、無駄なことは止めたほうがいい。どれだけ調べても、黒壁の番所からさきへは進めぬ。何しろ、相手は二千石取りの直参旗本だ。おぬしなんぞが手に負える相手ではない」

高見と福住は連れだって、表口から飛びだしていった。

吊るした男のことよりも、勧進相撲のほうが気になるのだ。

又兵衛は居残った小者に命じ、五十吉を天井から下ろさせた。

縄を解いて抱きかかえると、すでに虫の息である。

「しっかりせい、五十吉」

頰を平手で叩くと、薄目を開けた。

又兵衛の顔をみて、わずかに微笑む。

皹割(ひびわ)れた唇(くちびる)を震わせたので、耳を近づけた。

すうすうと、息継(いきつ)ぎしか聞こえない。

「……し、し穴」

とだけ聞きとることができた。

「虫穴か。虫穴と言いたいのか」

五十吉は眸子(まなこ)を瞑(つぶ)り、首を左右に振る。

そして、二度と目を開けなかった。

こときれてしまったのだ。

目尻から頰には涙の筋ができていた。

小者に聞けば、屍骸(むくろ)は無縁仏(むえんぼとけ)として回向院の墓地に葬(ほうむ)られるという。

責め苦で死んだことにはされず、適当な理由をつけて荼毘に付すのであろう。死ぬまえに善行を積みたいという小悪党の願いは、炎に焼かれて灰になるしかないのであろうか。

「そうはさせぬ」

又兵衛は俯いて短く経をあげると、大番屋をあとにした。

その足で向かったのは、黒壁の番所にほかならない。

五十吉は、今際で何かを言い遺したかった。

こたえがあるとすれば、黒壁の番所にしかない。

たどりついてみると、表の引き戸はなかば開いていた。

敷居をまたいでみれば、部屋のなかは荒らされている。

蠟燭などの売り物は盗まれ、簞笥の抽斗もすべて開いていた。

こそ泥も侵入した様子だが、それ以前に本所見廻りの家捜しがおこなわれたのだろう。

自分たちにとって都合の悪いものはないか、部屋の隅々まで調べられたにちがいなかった。

又兵衛は床を這い、壁に頰をくっつけ、部屋のなかを調べつづけた。

気がつけば陽は落ち、辺りは夕闇に包まれていく。
上がり端に座り、しばし考えた。
「今際の台詞、虫穴でなければ何なのだ」
土間に捨てられた提灯を拾い、炎を灯す。
もう一度、部屋のなかを嘗めるように調べはじめた。
何の気なしに箪笥を除けてみると、壁の下側に小さな節穴がある。
「……し穴、あっ」
ひょっとすると、五十吉が言いたかったのは「節穴」だったのかもしれぬ。
人差し指を突っこんで引くと、ぼこっと壁の一部が外れた。
提灯をかたむけると、壁の向こうに光が届く。
狭い穴に手を突っこんだ。
床に這わせると、何かに触れる。
摑んで取りだせば、鮮やかな蒔絵のほどこされた文筥であった。
蓋を開け、ごくっと空唾を呑みこむ。
巻物が入れてあった。
取りだして読めば、下手くそな字で大身旗本の悪行が連綿と記されている。

竈祓えの巫女も言っていたとおり、黒木家では催し物の勝者に「褒美」と称されるおなごがあてがわれた。おなごたちは金に困った浪人者の妻女たちで、亭主に交渉して買った者もいれば、強引に拐かした者もいる。横山藤内の妻女はおもったとおり、摩利支天宮の境内でお百度を踏んでいるところを拐かされた。

五十吉は悪人どもに飽きられた妻女を岡場所に売る女衒の役目を負わされており、どうやら、それを条件に辻番として雇われたらしかった。もちろん、当主の黒木武兵衛も同心たちの悪行を知っている。息抜き代わりに催し物をやらせ、みずからも「褒美」の「味見」をしていた。

事が露見すれば幕府の威信にも関わる悪行だが、傷物にされた妻女たちは武家だけに事を表沙汰にできず、岡場所に身を沈めるしかなかったのであろう。

しかも、本所見廻りは目付筋に訴えるどころか、みてみぬふりをしていた。与力の高見と同心の福住は用人頭の吹石から月の小遣いを貰い、悪行の揉み消しをはかった。金轡を嵌められ、妻女の拐かしを「神隠し」と偽って隠蔽したのである。

五十吉は当初から、悪事の片棒を担ぐことに良心の呵責を感じていたらしい。日毎に罪の意識が膨らみ、奉書紙を筒井伊賀守の駕籠に投じた。一方、岡っ引きの定六は五十吉の密訴を疑っており、又兵衛が動いたことでそれを確信した。ところが、同心の福住には何も告げず、密訴をねたに五十吉を強請った。それで、命を縮めたのである。

定六を刺したのは、やはり、五十吉であった。はからずも、又兵衛が凶事を招いたことになる。

巻物には経緯の詳細とともに、数珠掛け一味の盗人だったみずからの素姓も記されてあった。ただし、横山都の顚末については、売られていった岡場所の所在以外は記されておらず、横山藤内に関しては黒木家の連中によって膾斬りにされたことと、自分が屍骸の始末を命じられたこと、さらには、無縁仏として回向院の墓地に葬るしかなかったことなどが淡々と記されていた。

終わりのほうには悔恨と謝罪の文言が並び、般若心経の一節が添えられている。

「……ふうむ」

読み終わっても、重い溜息しか出てこない。

命をかけて記したのであろう告白はしかし、町奉行所の吟味では黙殺されるにちがいなかった。小悪党の世迷い言として片付けられるだけのことであろう。

これが侍の告白であれば、はなしはちがっていたかもしれない。

されど、横山藤内は悪人どもによって「膾斬り」にされたのだ。

おそらくは妻女の都も、すでに、この世にはおるまい。

想像の域を出ぬはなしだが、哀れな亭主は妻女の悲惨な最期を知り、復讐を果たそうとして返り討ちにされたのだろう。

そのあたりの経緯を確かめるのは辛いが、逃げるわけにはいかぬ。

又兵衛は黒壁の番所に背を向け、鉛のような足を引きずった。

十

巻物に記されていたさきは、根津権現前の岡場所だった。

裏通りに四六見世が軒を並べており、安価に女郎買いができる。

又兵衛は猥雑なところが苦手ゆえ、長元坊に頼んでつきあってもらった。

江戸の裏の裏まで知りつくす鍼医者にとって、岡場所に探りを入れることなど朝飯前だ。

さっそく、五十吉と繋がりのある見世をみつけてくれた。

「屋号は春海屋、抱え主は弥右衛門だ。女郎屋の主人にしちゃめずらしく、侠気のある野郎らしいぜ」

「ふうん」

「客の多くは出職でな。みりゃわかるが、侍えはほとんどいねえ。五十吉のとっつぁんはそのあたりも配慮したのかもな」

侍の客を取らせぬことで、御槍奉行の同心どもに陵辱された記憶を少しでも薄めようとしたのだろうか。いずれにしろ、苦界でも何とか生きながらえてほしいという願いを込めたにちがいない。

又兵衛は一縷の望みを捨てられぬまま、抱え主の控える部屋の敷居を踏みこえた。

「ごめんよ、弥右衛門さんはいるかい」

先乗りした長元坊が禿頭をかたむけると、衝立の向こうから眉のない男が顔を出す。

「おれが弥右衛門だが、客以外とは喋らねえぜ」

「肩の力を抜いてくれ。後ろの旦那が、ちょいとはなしを聞きてえそうだ」

又兵衛の顔をちらりと眺め、弥右衛門は「ちっ」と舌打ちする。

すぐさま、不浄役人と見抜いたのだろう。

「この辺りじゃ、お見掛けしねえお顔で」

「ああ、そうだ。根津の岡場所は初めてだからな」

「厄介事は御免ですぜ」

「おなごを捜しておる。正直にこたえてくれたら迷惑は掛けぬ」

「おなごってな、女郎でやすかい」

「五十吉が連れてきた武家の妻女だ」

弥右衛門は、きらりと目を光らせる。

五十吉から、何か言いふくめられたのだろうか。

「とっつぁんが連れてきたおなごは、ふたりおりやした。けど、ひとりは心労が祟ったのか、急な病で死んじまったんです」

「死んだおなごの名は」

「おみやってのが源氏名で」

都にちがいない。

わずかな望みを砕かれ、又兵衛はがっくり肩を落とす。

「やはり、死んでおったか」

「同じ台詞をつぶやいたお方がおられやした」

「えっ」

「おみやのご亭主で」

ついせんだってのはなしだという。

苦労して見世を捜しだしたまではよかったが、再会できるとおもった恋女房は還らぬ人となっていた。

「ご亭主は泣きもせず、魂の抜け殻みてえになっちまって、しばらくぽつんとそこに立っておられやしたよ」

「そうであったか」

「身請けするつもりで、先祖伝来の刀を売ってこられたそうで。もうひとり、同じ筋から売られてきた武家のおなごがいると申しあげたら、名を聞かせてほしいと仰いやす。教えちゃならねえことですが、あんまり可哀相なもんだから、うっかり」

弥右衛門が横山藤内に教えた名は、杉本恵であった。

「何だと」

「ええ、横山さまも驚いておられやしたよ。お知りあいのご妻女だそうで」

刀を売った金は置いていくから、身請けさせてほしいと拝まれたらしい。

「身請け代の半値にもならねえが、あっしはお約束したんです。おめぐの亭主は酒と博打で身を持ちくずしたと聞いている。本人がここに来て改心すると約束すれば、身請けさせてもいい。そうお伝えすると、横山さまは『杉本隼人を説いてかならず足労させるゆえ、何とか頼む』と仰った」

又兵衛も長元坊も押し黙る。そのときの情景が鮮やかに浮かんできたのだ。

「刀ってのは、侍えの魂でやしょう。よほどの恩でもなけりゃ、自分の魂を売った金で他人の奥方を身請けなんざできやせんぜ」

たしかにそのとおりだが、又兵衛には横山の心情が手に取るようにわかった。三年前の立ちあいで尋常な勝負を挑み、杉本隼人を負かしてしまった。そのせいで杉本は御役御免となり、妻女の恵ともども長屋暮らしを余儀なくされたのだ。横山は杉本にたいして、ずっと罪の意識を持ちつづけていたにちがいない。

「おめぐに客を取らせず、あっしは何日も待ちやした。ところが、いっこうにご亭主はあらわれねえ。ひょっとしたら、横山さまに何かあったのかも。そうおもって、ちょいと調べてみたんで」

あくまでも噂話の範囲だが、横山は御槍奉行の屋敷に斬りこみ、返り討ちに遭ったのだという。

「刀を売って、腰にゃ竹光しか差しておられなかった。噂がほんとうなら、いってえどうやって斬りこんだのか」

おそらく、最初から死ぬ気だったにちがいない。一刻も早く、妻女のもとへ逝きたかったのだろう。

「横山さまは死んじまった。だから、せっかくの身請け話も、呑んだくれの亭主に伝わっちゃいねえ。たぶん、そういうことなんだとおもいやす」

宙ぶらりんの気持ちでいたところへ、又兵衛たちが訪ねてきたのである。

弥右衛門は充血した目を向けてきた。

「懸巣のとっつぁんは、死んだんですかい」

「ああ、死んだ。この見世のことは、五十吉が書き遺してくれたのさ」

「とっつぁんが書き遺した」

死を予感していたのだろう。

それでも、五十吉は逃げなかった。

逃げるさきがなかったのかもしれない。

盗人だった頃の罪を償うべく、善行を積んで死にたいとだけ願っていたのだ。

五十吉なりにできるだけのことはしたが、奉書紙を御奉行の駕籠に投じたのは賭けであったろう。

内与力に命じられて動いたのは、うだつのあがらぬ例繰方の与力である。

馴染(なじ)みのない相手だが、五十吉は平手又兵衛に後顧(こうこ)を託すしかなかった。

それゆえ、巻物を遺したのだ。

おかげで、事の真相はあらかたわかった。

横山藤内と都の悲惨な末路(まつろ)もたどることができた。

「杉本隼人には、わしから伝える。もうしばらく、ご妻女を預かってくれ」

又兵衛が頭をさげると、弥右衛門は仰天(ぎょうてん)してみせる。

町奉行所の与力から頭をさげられたことなど、生まれてこのかた一度もなかったからだ。

「とっつぁんの功徳(くどく)かもな」

しみじみとつぶやき、弥右衛門は頭(こうべ)を垂れる。

その顔は泣いているようでもあった。

女郎屋をあとにし、溝(どぶ)の脇をとぼとぼ歩いた。

「どうすんだ」

と、長元坊が問うてくる。

「腹が立って仕方ねえけどな、ここは冷静になる場面だぜ。五十吉の遺した巻物だけじゃ、どうせ、上を動かすことはできねえんだろう」

「ああ」

「表が駄目なら裏で始末をつけなくちゃならねえ。でもよ、二千石取りの御槍奉行にゃ十人からの番犬どもがいる。それだけじゃねえ、本所見廻りも絡んでいやがる。そいつらを束にまとめて片付ける覚悟があんのか」

覚悟はある。だが、策はない。

策も持たずに突っこんだところで、犬死にするだけのはなしだ。

「覚悟さえありゃいいんだ。死ぬ気で考えりゃ、策のひとつやふたつは浮かぶ」

長元坊は、いつもやる気を起こさせてくれる。

巻きこんでしまったことを、又兵衛は少しばかり後悔した。

「水臭えことは抜かすな。最初から、おれはやる気だったんだぜ。でもよ、ちょいとばかり手が足りねえ。杉本隼人は元剣術指南役なんだろう。しかも、番犬どもにゃ恨みがあるはずだ」

又兵衛も長元坊と同じことを考えていた。

杉本にも命を張らねばならぬ理由はある。

「へへ、ただし、使いものになるかどうかだな」

それを見極めるべく、もう一度、本所徳右衛門町の裏長屋を訪ねてみるつもりだ。

「善は急げ」

ふたりは根津の裏通りを離れ、その足で大川の向こうへ渡ることにした。

十一

四日後、灌仏会。

御槍奉行の同心どもをおびき寄せるべく、おたみにひと肌脱いでもらうことにした。

「わしの女房に莫迦なまねはさせるな」

一心斎は入れ歯を剝いてみせたが、おたみのほうが役に立ちたいと了解してくれたのだ。

今宵で三日目の晩になる。

おたみは陽が落ちると摩利支天宮へおもむき、武家娘の扮装でお百度を踏んだ。

昨夜、黒木家の小者が様子見にきたのを確認しているので、おそらく、敵は「獲物」をみつけているにちがいない。

「今宵あたり出張(でば)ってきそうだな」

と、又兵衛は読んでいた。

灌仏会は釈迦(しゃか)生誕の祝祭だが、社(やしろ)の拝殿も花御堂(はなみどう)で飾られている。

おたみをみつめるのは四人、二手に分かれて参道(さんどう)の前後に潜(ひそ)んでいた。

又兵衛は鳥居寄りの木陰に隠れ、長元坊と一心斎は拝殿の下に置かれた賽銭箱(さいせんばこ)の陰に隠れている。

一心斎は緊張で喉がからからだろう。

一方、又兵衛の後ろには、垢じみた着物を纏(まと)った浪人者が佇んでいた。

杉本隼人である。

岡場所に売られた妻女のはなしと、刀を売った金で妻女の恵を身請けしようとした横山藤内のはなしを聞かせてやったら、杉本は顔をくしゃくしゃにして泣いた。

「横山どのの仇(かたき)を討たせてくれ」

みずから懇願(こんがん)し、仲間にくわわったのだ。

事と次第によっては、真剣で人を斬ってしまいかねない。

覚悟を決めねばならぬのは、むしろ、杉本を誘った又兵衛のほうだった。

いかに相手が悪人でも、幕臣を斬れば厳罰は免れまい。仇討ちとは目上の者が理不尽な理由で斬られた際、侍の本人にだけみとめられる行為なのだ。真剣を使って本来の仇でもない誰かを殺めれば、それは辻斬りと同等にみなされる。

「安心いたせ、刃は使わぬ」

峰打ちにすると、杉本は囁いた。

「手は多少痺れておるが、太刀筋に狂いはない」

抜いてみせた刀も、手入れだけは行き届いていた。

酒に溺れても、剣術指南役への未練はあるのだろう。

――ひょう。

白々と延びる参道には、やや強い風が吹きぬけている。

おたみは裾をたくしあげ、鳥居のそばに立つお百度石と拝殿のあいだを何度も往復していた。

風が群雲を散らせたのか、夜空には煌々と半月が輝いている。

日没に南中し、真夜中には弦を上にして落ちはじめる。上弦の月がいまだ頭上にある頃、怪しげな人影が鳥居の内にあらわれた。

「来おった」

杉本が殺気を放つ。

「ひい、ふう、み……七人おるな」

黒い布で鼻と口を隠しているのは、誰かに見咎められたくないからだろう。

侍たちは一斉に駆けだし、突出した三人はおたみの両脇を抜かしていく。

おたみを前後から挟み、有無を言わせず拐かすつもりなのだ。

「よし、まいろう」

又兵衛と杉本よりも早く、賽銭箱の脇から禿頭の大男が駆けてきた。

さらにその前方を、白髪を靡かせた年寄りが疾駆している。

相手が一心斎と長元坊に気づいた。

「誰かおるぞ」

遠い側の三人が一斉に刀を抜きはなつ。

「死ね」

袈裟懸けの一刀を、一心斎はひょいと避けた。

三人のあいだを縫うように走りぬけ、おたみのもとにたどりつく。

おたみを背に庇うと、こちら側の四人も抜刀してみせた。

「斬れ、爺を斬れ」

そうはさせぬとばかりに、又兵衛たちが背後に迫る。
「おぬしら、こっちをみよ」
まっさきに突進したのは、杉本のほうだった。
走りながら抜刀し、対峙するひとりを袈裟懸けにする。
――ばさっ。
斬ったとしかみえなかったが、杉本は刀を峰に返していた。
首筋を叩かれた相手はたまらず、甃（いしだたみ）のうえにくずおれる。
ふたり目も歯が立たない。
杉本は胴斬りを躱し、脇に跳んで相手の首根を叩いた。
骨を折らぬよう加減した一打は、残った敵を怯（ひる）ませるのに充分だった。
一方、長元坊も負けてはいない。
徒手空拳（としゅくうけん）で挑み、相手の顔面に拳（こぶし）を埋めこんだ。
「ぬごっ」
ふたり目はからだごと抱えあげ、一間（けん）余りも抛（ほう）ってみせる。
「ひぇええ」
もはや、長元坊に対抗できる者はいない。

こちらの敵も、ひとりしか残っていなかった。

構えからしてかなりの遣い手だが、からだつきから推すと、小頭の吹石主水之正ではなさそうだ。

前面に出るや、又兵衛は肩を摑まれた。

「拙者に花を持たせてくれ」

杉本である。

軽く一礼するや、さっと袂をひるがえした。

つい先日まで呑んだくれていた人物とはおもえない。

高々と右八相に構えるや、鬼神のごとく相手に迫り、真っ向から眉間に刀の峰を落としたのだ。

「のげっ」

最後のひとりは、海老反りに倒れていった。

又兵衛が抜刀するまでもなく、おもいどおりに事は運んだのである。

「ひゃはは、おぬし強いな」

一心斎がやってきて、杉本の活躍を褒めちぎる。

「おれのことも忘れるな」

長元坊はふてくされながらも、昏倒する侍たちを後ろ手に縛っていった。

何人かは息を吹き返したが、意気消沈して項垂れるしかない。

同心たちは今から、回向院裏の大番屋に連れていかれる。

大番屋には内与力の沢尻が控えており、本所見廻りの動向に目を配っているはずだ。

拐かしの一味を捕縛した一報を受け、吟味方も出張ってくることになっているが、筆頭与力の鬼左近がわざわざ足労するかどうかはわからない。ともあれ、吟味方によってひととおりの調べがおこなわれ、一味の素姓は判明するだろう。

直参旗本の仕業とわかれば、一連の悪行は隠密裡に処理せざるを得なくなる。目付筋から役人が呼ばれ、町奉行と目付が膝詰めで協議を重ねたのち、同心たちの告白によって罪があきらかになれば、内々に処分が下される。

幕府の体面にも関わる出来事だけに、事の次第は表沙汰にされず、同心たちには切腹か斬首が申し渡されるにちがいない。無論、同心たちを束ねる御槍奉行の黒木武兵衛は役を解かれ、十中八九、本人切腹のうえで家は改易となるだろう。

この世から二千石取りの大身旗本家がひとつ消えるのである。

例繰方の名もなき与力が策を弄してやったとは誰もおもわない。むしろ、おもわせてはならなかった。又兵衛はあくまでも、相手の素姓を知らずに偶さか暴漢どもと行きあったにすぎない。それならば、意図して大身旗本家を潰した咎めは受けずに済む。

もちろん、見方によっては大手柄をあげたことになるが、こちらもけっして表沙汰にはされぬ。事情を知っているのは沢尻までで、御奉行の筒井伊賀守にも詳細は報されぬであろう。報されぬことが前提でなりたつ手法なのである。

沢尻に梯子を外されなかっただけでも、よしとせねばなるまい。

大番屋で待機していると、筆頭与力の鬼左近もあらわれた。

おおかた、沢尻からおおよその事情は聞いているのだろう。

又兵衛のもとに身を寄せ、苦々しげに吐きすてる。

「余計なことをしおって。何刻だとおもうておる」

どれだけ皮肉を言われても、又兵衛は怒りを感じない。

感謝の気持ちを込め、深々とお辞儀をしてみせた。

一方、本所見廻りの連中は部屋の隅で小さくなっている。

もちろん、気が気ではなかろう。暴漢どもの口から自分たちの悪行が漏れるやもしれぬのだ。それでも、すがたをくらまさずにいるのは、この場を切り抜けられる自信があるからにちがいない。

緊密につきあっているのは小頭の吹石主水之正ただひとり、吹石さえ捕縛されぬかぎり、逃れる道はあるとでもおもっているのか。狡猾に立ちまわる連中ゆえ、又兵衛には本所見廻りの悪行を証し立てできなかった。その点だけは心残りだが、いずれ近いうちに引導を渡す機会も訪れよう。

鬼左近の吟味は、東涯が白々と明け初めるまでつづけられた。

この日から五日後、黒木家の正門は丸太で×印に閉じられた。

蟄居閉門である。

評定の場で罪状はあきらかとなり、御槍奉行の黒木武兵衛に切腹の沙汰が下される見込みとなったのだ。

それにともなって、黒壁の番所は早々に取り壊された。

ところが、用人頭の吹石主水之正だけは何処かへ逃亡し、本所見廻りの悪行を告白する者はいなくなった。

十二

頭上にあるのは迷いながら昇る十六夜の月、御槍奉行が蟄居閉門となってから三日経った。

本所見廻り同心の福住平八郎が屋敷を訪ねてきたのは、亥ノ刻（午後十時頃）も近い頃である。

「ちと、ご足労願えませぬか」

待ちかまえていたので、着替えをする必要もない。

又兵衛は誘われるがまま、小舟に乗って夜の大川を渡り、竪川の入口に架かる一ツ目之橋の桟橋までやってきた。

すでに町木戸は閉まり、橋の周辺には人っ子ひとり歩いていない。

一ツ目之橋を北へ渡れば回向院だが、福住は南の川寄りに向かった。

行く手には、水戸家の石置場がある。

番人はおらず、大小の石が無造作に積まれているだけの場所だ。

「十手持ちならご存じのはず。ここは山狗の住処にござります」

そんなわけがない。小舟のうえで山狗の遠吠えは耳にしたが、餌のない石置場を住処にするはずもなかった。

「山狗とは、おぬしらのことか」

「ふふ、よくご存じで」

福住の後ろにはいつの間にか、与力の高見俵助が立っている。

「平手又兵衛、よう来たな」

「誘われたら断れぬ質（たち）でな」

「ほう、そいつは意外だ。奉行所のなかに親しい者もおらず、はぐれという綽名（あだな）で呼ばれておるそうではないか」

「呼びたいやつには、勝手に呼ばせておけばいい」

福住は冷笑する。

「おぬし、小塚原（こづかっぱら）の犬だな」

「どういう意味だ」

「人を喰（く）った物言いをする」

「ふん、つまらぬ」

「ひとりの力なぞ小さきものよ。ことに不浄役人はな、持ちつ持たれつでやっていかねばならぬ。今からでも遅くはないぞ。仲間にしてほしいと申すなら、考えてやってもよい」

「御免蒙（ごめんこうむ）る」

「さようか、まあ、そのこたえを聞きたかっただけかもしれぬ。知ってのとおり、黒木家の連中が死罪になっても、わしらには何ひとつお咎めがない。まんがいちのことも考えて、同心どもとは接してこなんだからな。今のまま何食わぬ顔で甘い汁を啜りつづけてもよいが、おぬしだけはどうしても許すことができぬ」

「斬るのか」

「ああ。されど、わしらの手は汚さぬ」

福住は頬を膨らませ、大声を張りあげた。

「吹石どの」

額に瘤のある男が、又兵衛の背後にゆっくり近づいてくる。

おもったとおり、吹石主水之正は本所見廻りに庇護され、江戸市中に潜伏していたのだ。

「くふふ、飛んで火に入る何とやら」

と、高見がふくみ笑いをしてみせた。

又兵衛の腰には、亡き父から譲りうけた和泉守兼定が差してある。

これみよがしに美濃伝の名刀を抜きはなつや、互の目乱の美しい刃文が月影を反射させた。

吹石は「ほう」と嘆息を漏らす。

「どうやら、刃引刀ではなさそうだな」

こちらも腰の長尺刀を抜き、切っ先をさげた青眼に構えた。

「その刀、銘は」

尋ねられ、又兵衛はぶっきらぼうに応じる。

「和泉守兼定」

「不浄役人にはもったいない。よし、戦利品にいたそう」

「ご随意に」

ふたりは爪先で躙りより、間合いを徐々に詰めていく。

吹石が喋った。

「おぬし、猿江裏町の朽ちかけた道場で、香取神道流を修めたのか」

「いかにも」

「道場におった糞爺はまさか、おぬしの師匠ではなかろうな」

「まえにも言うたであろう。わしのお師匠だ」

「あんな糞爺に教わって、技など修得できるのか」

「小見川一心斎を虚仮にするのか。許さぬぞ」

吹石はほくそ笑む。

「熱くなったな。ふふ、その意気だ」

すでに、駆け引きははじまっていた。相手の精神を乱すのも、果たし合いの手管にちがいない。

「わしの初太刀を躱した力量、あれが本物かどうか見極めてやる」

「あらかじめ言っておくが、おぬしは斬らぬ」

「何だと」

「縄を打ったのち、本所見廻りの悪行を洗いざらい吐いてもらう」

「世迷い言を抜かすな。わしが負けるとでもおもうておるのか」

「勝負は時の運。負けるかもしれぬぞ」

「ふん、残念だったな。よしんば縄を打たれたとしても、余計なことは喋らぬぞ」

「罪一等を減じてもか」

又兵衛のことばに、吹石は片眉を吊りあげた。

「聞くだけ聞いてやろう。何がどう変わる」

「斬首が切腹になる。斬首の場合は、血抜きされた胴が様斬りに使われる。これほどの恥辱はなかろう。されど、切腹ならば武士の名誉は保たれる。同じ死ぬにしても、天と地ほどの差があろう」

期待以上に響いたらしく、吹石はしばし黙りこむ。

「たしかに、天と地ほどの差はあろうな。されど、おぬしは今ここで死ぬ。戯(ざ)れ言(ごと)はそのくらいにしておけ」

「わかった。さればまいろう」

又兵衛は片手持ちの青眼に構え、左手を背帯に差した十手の柄(え)に添えた。

強敵との勝負は先手必勝、策を講じて挑まねばならぬ。

二合三合と刃(やいば)を合わせれば、不利になることはわかっていた。

「ふん」

又兵衛は土を蹴り、五間の間合いで身を沈める。

「飛蝗(ばった)め、跳ぶのであろう」

吹石の予想どおり、又兵衛は高々と跳んだ。

月を背に負いつつ、片手持ちの一刀で眉間を狙う。

「抜きつけ」

「甘いわ」

吹石は右八相から長尺刀を横に払った。

——きいん。

金音とともに、兼定が手から離れる。
「あっ」
闇に消える名刀を吹石の目が追った。
一瞬の隙を逃さず、又兵衛は左手を振りだす。
吹石は逆袈裟を繰りだすべく、横に払った状態から霞に構えなおした。
が、遅い。
又兵衛は逆手で十手を握っていた。
鈍色の先端が、がつっと額の瘤を突く。
刹那、左右の眼球が鳥の目のようにひっくり返った。
吹石主水之正は白目を剝き、地べたに顔を叩きつける。
「うわっ」
直心影流の達人が内勤与力に負ける。
さようなことは、よもや、あり得ない。
そう考えていただけに、残ったふたりの動揺は激しかった。
与力の高見は腰を抜かし、同心の福住は這々の体で逃げだす。
福住の逃げるさきには、見越入道が待ちかまえていた。

「へへ、袋の鼠はおめえらのほうだぜ」

長元坊である。

八丁堀から気づかれぬように、ずっと追いかけてきたのだ。

「退け、斬るぞ」

福住は刀を抜いた。

「やってみな」

長元坊は手頃な大きさの河原石を握っている。

「うりゃ」

腕を縦に振り、石を投げた。

と同時に、突進する。

「くっ」

福住は身を捻り、石はどうにか躱した。

だが、暴れ牛の突進を阻むことはできない。

「ぬがっ」

藁人形と化し、積まれた石のうえまで吹っ飛ばされた。

一方、高見は屈みこんで頭を抱え、がたがた震えている。

「情けないではないか。それで廻り方がようつとまるな」

又兵衛は身を寄せ、同格の与力を後ろ手に縛りあげた。

十三

数日後。

十間川の川縁には数羽の白鷺が遊び、広大な天満宮の池畔には軽鴨の親子が暢気に歩いていた。

又兵衛は静香や義理の両親とともに、見事に色づいた亀戸天神の藤を愛で、ついでに隣接する津軽屋敷の立派な長屋門を眺めにいった。そして、ひとりだけ帰路の途中で別れ、猿江河岸の桟橋までやってきたのである。

雑木林から聞こえてくるのは、虎鶫の鳴き声であろうか。

――ひー、ひょー。

京洛では鵺の鳴き声とも言われる不気味な声を、懸巣の五十吉は真似ることができたのだろうか。

数珠掛けの異名で呼ばれた群盗の一味は、盗みをはたらく際に鳥の鳴き声を合図に使った。鳥のなかでも鳴き真似がもっとも得意な「懸巣」と呼ばれた男は、おそらく、一味の者たちに鳴き真似の骨法を教えた師匠だったにちがいない。

吹石主水之正は吟味筋の調べに素直に応じ、本所見廻りの悪行はあきらかとなった。

約束どおり、吹石には切腹の沙汰が下り、与力の高見俵助と同心の福住平八郎は斬首となったが、事の経緯は隠された。高見と福住の死は「病死」とされ、吹石の死は「不忠」とされたのである。

あいかわらず、よくわからない。

幕臣や不浄役人の罪は曖昧にされるがゆえに、悪行は繰りかえされるのだろう。

又兵衛は溜息を吐き、摩利支天宮の裏手へ向かった。

——萌葱のかやぁー。

露地裏からは、盛夏の気配を先取りする蚊帳売りの美声が聞こえてくる。

いつもは手土産に五合徳利をぶらさげてくるところだが、今日は亀戸天神のお守りで勘弁してもらおう。

一心斎はおたみといっしょに道場へ戻り、仲良くやっているようだった。

古びた門を潜り、散りかけた卯の花を眺めながら表口に向かう。

話し声がした。

どうやら、先客があるらしい。

敷居を踏みこえると、武家の夫婦が振りかえる。

杉本隼人と妻女の恵であった。

「おっ、以心伝心じゃな」

一心斎が戯けた調子で笑う。

「おぬしが留守ゆえ、わしのもとを訪ねてこられたそうじゃ」

「さようでしたか。じつは家の者を連れ、亀戸天神に詣ったものですから」

「藤ですな」

杉本は恵と目を合わせ、微笑んでみせる。

「わたしたちも愛でました。四年ぶりでござる」

津軽藩を御役御免となり、三年のあいだは足を向ける気にもならなかったのだろう。

「久しぶりの藤は格別でした。剣術指南役になった年に初めてみたときより数倍も」

「それはよかった」

夫婦揃って愛でることができたのは、亡くなった横山藤内のおかげだった。横山はみずからの刀を売った金で、他人の妻女を身請けさせてほしいと談判し、女郎屋の抱え主から了解を得たのである。

杉本は眸子を潤ませる。

「横山どのには、どれだけ感謝してもしきれませぬ。そのことで、ひとつご相談が」

「それがしに」

「はい。まずはこれを」

差しだされた書状に目を通した。

何と、横山が仕えていた黒石藩の江戸家老によってしたためられた書状である。

繰りかえすようだが、黒石藩は津軽藩の支藩であり、初代藩主の津軽甲斐守親足は本藩を手本に文武両道を奨励していた。聡明な殿さまの意向を汲み、重臣たちは以前より剣術指南役に最適な人材を探していたらしい。

ところが、これといった人物がおらず、ふたたび、横山に帰参せぬかと打診したのである。三年も経てばほとぼりも冷めていようし、そもそも、尋常な立ちあいで勝ったほどの力量ならば、野に置いておくのはもったいない。

それゆえ、江戸家老が直々に筆を執り、使いの者を裏長屋に向かわせたが、肝心の横山は首を縦に振らなかった。覆水盆に返らずの喩えどおり、自分は藩同士の約定を破り、取り返しのつかぬことをしてしまった。帰参を許されるべき人物ではないと言い張ったのだ。ところが、江戸家老のほうも意地になり、三顧の礼をもって迎える旨を伝えた。そして、三度目のこと、横山は自分ではなく、とある人物を剣術指南役に推挽したのだという。

それが、杉本隼人であった。

三年前の立ちあいで負かした本藩の剣術指南役と知り、敬遠するかとおもいきや、江戸家老は膝を打って快哉を叫んだ。適役をみつけたとおもったのだ。もちろん、罪の意識を抱えた横山の気持ちもわかったうえでのことだった。

江戸家老は横山藤内の死後、一連の経緯を連綿と書状に綴り、横山の遺言を是非にも受けてもらえぬかと、杉本のほうへ直々に打診してきたのである。

「正直、横山どのにそこまでご案じいただいておったとは、夢にもおもいませなんだ」

「ご相談とは、黒石藩の打診を受けるかどうかということですか」

「はい。ありがたいおはなしですが、それがしは横山どのに負けた男でござる。

負けた男が剣術指南役になって、はたして教え子たちはどうおもうのか。それを考えると、受けてはならぬのではないかと」

杉本が躊躇う気持ちはよくわかる。

又兵衛は表情も変えずに向きなおった。

「わたしの意見を述べても」

「ええ、是非とも伺いたい」

「勝負は時の運。それを弟子に教えるのも、師匠の役目ではないかと。ここで断れば、横山どのがせっかく繋いでくれた糸は切れる。素直に受ければ、横山どののご遺志は引き継がれる。どのようなかたちであれ、ご遺志を引き継ぐことこそが、今は大事なのではないでしょうか」

「横山どののご遺志」

「自分が誰にどうおもわれようと、泰然自若としておればよいのです。どん底を知る者のほうが、人としてはおもしろい。おもしろい師匠に学ぶほうがよいに決まっている。わたしのお師匠をご覧なさい」

又兵衛が目をやると、一心斎はぐっと胸を張った。

「あのとおり、強いのかどうかもわからぬ御仁だが、途中で道場を止めようとはおもわなかった。生前、父が申しておりました、技よりもまえに人を学べと。たしかに、そうかもしれぬ。わたしはお師匠から、さまざまな人の生き方を学ばせてもらった。強くなりたければ、みずから工夫し、ひたすら鍛錬するしかないのです。師匠はただ、黙ってみてくれているだけでいい。そんなものかもしれませんよ」

「平手どの」

「はい」

「決心がつきました。この仕官話、謹んでお受けしたいとおもいます」

「よかった。横山どのも、さぞやお喜びのことでしょう」

杉本は回向院に無縁仏として葬られた横山藤内の骨を貰いうけ、みずからの菩提寺に弔うつもりだと言った。もちろん、妻女である都の骨も投込寺から受けとり、夫婦揃って同じ墓に埋めてもらうのである。

「それはよいはなしじゃ」

涙目になる一心斎の手を握り、おたみがそっと寄り添う。

「かならず、菩提を弔いにまいります」

又兵衛が一礼すると、杉本が身を寄せてきた。

両手を固く握り、無言で何度もうなずいてみせる。
竹刀胼胝のある掌が、逞しく感じられてならない。
かたわらでは、妻女の恵が嗚咽を漏らしている。
夫のために身を売り、二度と武家には戻らぬと誓った。
それでも、武家への未練は捨てきれるものではない。
巡ってきた幸運を、しっかり摑んでほしかった。
もちろん、馴れない他藩の水が澄んでいるとはかぎらない。
春をひさいだ事実が露見すれば、誹謗中傷を受けるやもしれぬ。
そんなときは、横山藤内と都をおもいだしてほしい。
生かされたことの意味を考え、与えられた役目を全うするのだ。
――ひー、ひょー。
遠くのほうから、虎鶫の鳴き声が聞こえてくる。
「おっちゃんだ」
頬に赤みの射したおたみのすがたが、慈悲深い聖観音の立像と重なった。
とどのつまり、虫穴なんぞなかったなと、又兵衛は苦笑する。
黒壁の番所は冥途ではなく、苦界への入口だったのかもしれぬ。

だが、哀れなおなごたちを何とか生かそうとした辻番の終の棲家でもあった。

いずれにしろ、善行を積めば極楽に行けると信じた元盗人のおかげで、事の真相はつまびらかになったのだ。

帰りがけに回向院の墓所へ足をはこび、五十吉の菩提を弔ってやろう。

おたみが望めば連れていくのも吝かでないと、又兵衛はおもった。

ひとり相撲

一

暦が皐月に替わってから、すっきり晴れた日はまだ一日もない。

今日も朝からの梅雨空、役目終わりで帰宅の途に就く頃になっても、しとしと降りつづく雨は熄みそうになかった。

これしきの雨で蛇の目をさすのは無粋者、小銀杏髷を濡らして歩くのが廻り方でござると粋がってみせたのは、桑山大悟というぼんくら同心であった。見栄を張って風邪を引くのは避けたいものの、如何せん、高価な蛇の目を持ち歩くのは馴れていない。とどのつまり、濡れ鼠で帰るしかなかった。

京橋を渡って右手に曲がれば竹河岸に出る。雪駄を濡らして急ぎ足で進むと、左手前方の四つ辻から、酔客らしき連中の笑い声が聞こえてきた。

「下手くそ、似てねえぞ」

「木偶の坊、引っこめ」

からかわれているのは、五分月代の大男である。

褌一丁の素っ裸になり、投げ銭目当てにひとり相撲を取っていた。

「かたや稲妻雷五郎、こなた阿武松緑之助、全勝の大関同士、千穐楽結びの一番にござ候……」

元力士であろうか。

丈で六尺五寸、重さで四十五貫はあろう。

堂々としたからだつきだけをみれば、相撲好きを魅了してやまなかった雷電為右衛門を髣髴させる。雷電の全盛期は今から三十年ほどまえだが、又兵衛は雲をも衝かんとするほどの雄姿をよくおぼえていた。吟味方与力の父に連れられ、回向院の境内で催された勧進相撲を観にいったのだ。

「……八卦よい、のこった」

ひとり相撲に小道具は必要ない。ひとりでふたりの取組を再現し、巧みならば客は喜んで銭を投げてくれる。人気のある力士の癖を真似てやるのが肝心なところだが、行司や呼びだしまでやってのける器用な手合いもおり、取り口の妙だけではなしに剽軽な仕種でも笑いを取った。

ひとり相撲の名人ともなれば、雨でも人垣が築かれるはずだが、観ている者も足を止める者も少ない。

それだけで技倆のほどは容易に推察できる。

大男のかたわらには、七つほどの小童が口をへの字にして佇んでいた。

ずぶ濡れで小さな笊を持ち、投げ銭を拾おうと待ちかまえているのだ。

父子であろうか。

おもったとおり、大男の動きはぎこちない。

「八卦よい」

叫ぶ声には張りもなく、恥じらいが残っている。

あれではたしかに、投げ銭は貰えぬな。

惨めな父のすがたに、子は何をおもうのか。

又兵衛は切ない気分になり、その場を離れようとした。

ところが、客の大声に引き留められる。

「さあ、銭を投げたり」

声のほうに目をやれば、皺顔の老侍が立っていた。

「あっ、義父上」

主税である。

かつては小十人頭までつとめた家禄三千石の大身旗本であったが、配下の不正が発覚して野に下ってからは長屋暮らしを強いられた。それでも、気立てのよい娘のおかげで八丁堀の与力屋敷へ移り住む運に恵まれ、惚けがかなりすすんでも周囲にさほど迷惑を掛けずに過ごしている。

「義父上、そこで何をしておられる」

「うるさい、うぬは何者じゃ」

「娘婿の又兵衛にござります」

「謀るでない。さては、阿漕な興行主じゃな。秋葉山にいかさま相撲をけしかけておるのであろう。さようなことは、このわしが……谷風梶之助が許さぬぞ」

「お待ちくだされ。義父上は、かの谷風なのでござりますか」

「みてわからぬのか。わしは伊達さまお抱えの谷風じゃ。齢ふたつで石臼を引き、八つで五斗俵を担ぎあげた。勧進相撲の勝敗は二百五十八勝十四敗、言わずと知れた寛政の大横綱よ」

主税はぽんと腹を叩き、四股を踏もうとしてひっくり返る。

又兵衛は駆けより、義父の身を起こして優しく言った。

「そのくらいにして、いっしょに帰りましょう」

主税は正気に戻ったのか、素直にしたがおうとする。

だが、ふと気づいて足を止め、首を大きく捻った。

「あやつを連れていく」

又兵衛ばかりか、誘われた大男のほうも驚いている。

「えっ、屋敷にですか」

「ほかに何処がある。飯をたらふく食わせてやるのじゃ」

「弱りましたな」

「何を言うておる。困っておる者を助けるのが、十手持ちの役目であろうが。おぬしも十手持ちの端くれではないのか」

「それはまあ、そうですが。静香が何と申すか」

「家の大黒柱はおぬしであろう。しっかりせい」

「はあ」

「わかっておらぬようじゃな。あれは秋葉山大五郎ぞ。三年前まで東の関脇を張っておった強者じゃ」

「まさか、突き押しの秋葉山にござりますか」

「そうじゃ、綽名は猛牛よ。豪快な突き押しで土俵を沸かせた男じゃ」

たしかに、回向院の境内に築かれた土俵のうえで見掛けたような気もする。

「ほれ、あのひもじそうな坊主をみろ。放っておけば風邪を引くぞ」

「承知いたしました。されば、晩飯だけというお約束で」

主税は聞いていない。

父子のもとへすたすた近づき、秋葉山らしき巨漢の腕を引いてくる。

「よし、まいろう。又兵衛、おぬしはさきに帰って、米を一升炊いておけと、静香に命じるのじゃ」

「……いっ、一升にござりますか」

「けちくさい顔をいたすな。うだつのあがらぬ例繰方とは申せ、町奉行所の与力ではないか。ここは一番、見栄を張る場面ぞ。相撲取りは神さまの使わしめじゃ。家に招けばかならずや、幸運が舞いこんでこよう。さあ、行け。おぬしは秀忠につけた軍師、本多正信であろうが。関ヶ原まではあと一歩、死ぬ気で走るのじゃ」

みずからは、大権現家康公にでもなったつもりであろうか。

あいかわらず、わけがわからぬものの、どうしてこうなるのかと問うてはならない。

まだら惚けの義父に煽られ、馬にでもなった気分で雨中を駆ける。

幸運が舞いこむのを信じ、袴の裾に泥撥ねを飛ばすしかなかろう。

屋敷に戻って事情をはなすと、静香も義母の亀も心の底から喜んだ。

不思議な連中である。静香などは「いくらでも、食べたいだけ食べていただきましょう」と興奮気味に口走り、偶さか訪ねてきた御用聞きにあれこれ指図を繰りだした。

米一升のみならず、魚や鶏肉、野菜や豆腐などもまとめて注文し、ついでに上等な下り酒を二升も持ってこさせようとするので、地酒でよいと又兵衛が言い添えねばならなかった。

いったい、誰の銭だとおもっておるのかと、薄給の役人としては文句のひとつも言いたくなる。

ともあれ、主税を先頭に大男と男の子がやってきた。

部屋に導こうとするや、秋葉山らしき大男は鴨居に頭をぶつけそうになる。

「ふはは、建物の内だと益々大きゅうみえるのう」

上機嫌な主税は席を離れ、厠にでも行ったのかしばらく戻ってこない。

静香と亀は勝手に立ちっぱなしなので、又兵衛と父子の三人だけになった。

腰を落ちつけたところで、さっそく確かめてみる。

「おぬし、まことに秋葉山大五郎なのか」

「いかにも、さようにござります」

と、秋葉山は消え入りそうな声でこたえる。

「太郎吉ともどもお招きいただき、恐悦至極にござります」

「その子は太郎吉と申すのか。いくつになる」

「たぶん、七つにござる」

「たぶん」

「拾い子ゆえ、はっきりとした年はわかりませぬ」

「なるほど、申し訳ないことを聞いたな」

「いいえ、何なりとお尋ねください。血は繋がっておらずとも歴とした父子ゆえ、太郎吉は気にいたしませぬ」

「ならば、喋りにくいことを聞いてもよいか」

「どうぞ」

「三年前、おぬしは日の出の勢いであったが、夏場所の千穐楽で大関の稲妻に負けた。得意の突き押しではなく、四つに組んで上手投げで転がされたのだ。秋葉山はわざと負けたという噂が広まり、おぬしはたまらずに土俵を離れた。そして、次第にみなの記憶から遠ざかっていった。稲妻との取組でわざと負けたのではないかと、いまだに申す者がおる。まことはどうであったのか、是非とも聞いてみたい」

「わざと負けてほしいと、頼まれたのはまことにございます」

鰐口の千吉という地廻りの親分から、金二千疋（五両）の報酬をつけると誘われたらしい。

当時、秋葉山は若狭国小浜藩十万三千石を領する酒井家のお抱え力士であった。ところが、興行主も兼ねていた鰐口の千吉や後ろ盾の商人から、いかさま相撲をやれば金二千疋どころか、加賀百万石を領する前田家のお抱え力士に鞍替えさせてやると、巧みに誘われたのだという。

「それで、受けたのか」

「いいえ、断りました。大関には真剣勝負を挑み、手もなく土俵に転がされたのでございます。今をときめく稲妻関に、あのときは勝てるとおもっていた。おもいあがりも甚だしいと、申すよりほかはありません」

真剣勝負で負けたのならば、土俵を遠ざかる理由はないはずだ。

ところが、興行主や後ろ盾に抗ったのが仇になり、秋葉山は土俵にあがらせてもらえなくなった。

「それがまことなら、口惜しいはなしではないか。のう、太郎吉」

水を向けた七つの小童は、ほとんどはなしを聞いていない。

勝手のほうから、よい匂いが漂ってきた。

「おまちどおさまにござります」

静香と亀が大皿を抱えてきた。大皿には煮魚や茹で野菜などが盛られており、手伝いの御用聞きは大きなお櫃や燗酒を運んでくる。

又兵衛は静香に聞いた。

「義父上は」

「お休みになりました」

「えっ」

「お疲れになったのでござりましょう。父のことは気にせず、どんどん召しあがってください。又兵衛さま、ぼうっとなさらず、お客人におすすめを」

静香に促され、湯呑みに燗酒を注いでやると、秋葉山はひと息で呑みほした。

太郎吉は一心不乱に、亀がよそった丼飯をかっこんでいる。

よほど腹を空かしていたのだろう。

「やれやれ」

又兵衛は溜息を吐き、みずからも手酌で盃をかたむけた。

二

秋葉山と太郎吉は帰るさきもなく、目を醒ました主税が「雨中に放りだすのか」と恫喝するので、仕方なくひと晩だけ泊めてやることにした。

翌日は端午の節句、武家屋敷の大屋根には鯉幟や鍾馗幟や吹き流しがはためき、往来では小童たちが菖蒲刀で打ちあっている。京橋のそばにある具足町の界隈では数日前から飾り刀や飾り兜が売られており、男の子の成長を願う親たちで賑わっていた。

役目を終えて八丁堀へ戻ってくると、門前で太郎吉がおんおん泣いている。

まだおったのか。

口から出かかった台詞を抑え、泣いている理由を問うてやった。

どうやら、近所の悪がきどもに囲まれ、菖蒲刀でこっぴどく叩かれたらしい。

父の秋葉山は何処かへ稼ぎに出向き、自分は従いていかずに待っていた。道端に捨ててあった菖蒲刀を拾って振りまわしていたら、五、六人の悪がきどもが駆けてきて、袋叩きにされたという。

なるほど、襤褸にしかみえぬ着物の袖はずたずたにされ、からだじゅうに蚯蚓腫れができている。

「多勢に無勢か、怪しからぬな。されど、いつまでもめそめそするな。おぬしは力士の子であろうが」

「……は、はい」

冠木門を潜ると、襷掛けをした静香が表口からあらわれた。

「あっ、お帰りなされませ。お役目ご苦労さまでござりました」

「ふむ、何をしておる」

「鴨居のお掃除を」

手にした埃叩きを掲げ、静香はにっこり笑ってみせる。

「ちょうどよい、それを」

又兵衛は手渡された埃叩きを片手持ちの青眼に構え、後ろに控えた太郎吉の鼻先に差しだした。

「うわっ」

吃驚した太郎吉は尻餅をつき、八の字眉の泣き顔になる。

「驚いたか。かように意表を衝けば、どれほど強い相手でも怯ませることはできる。ほら、立て」

喧嘩のやり方を教えてくれるのだなと、太郎吉にもわかったようだった。

「こんなふうに構えてみよ」

又兵衛は太郎吉に埃叩きを手渡し、両手持ちの青眼に構えさせた。

足のひらき加減や腰の位置を直し、正面や真横から姿勢を眺める。

「肝心なのは呼吸だ。鼻で短く息を吸い、口から長々と静かに吐く。そうすることで腹に力が漲ってくる。どうだ、このあたりに何か感じぬか」

臍の下を押してやると、太郎吉は眸子を爛々と光らせた。

「感じます」

「そこは胆を練るところ、丹田だ」

「丹田」

「さよう。丹田を鍛えれば、おのずと人は強くなる。侍の子は幼き頃より丹田を鍛えるのが習い、大人になるまで怠りなく鍛えた者だけが本物の侍になることができる」

「本物の侍」

「ふふ、おぬしもなりたいか」

「はい」

「ならば、今日から鍛錬せよ。このように息を吸って大上段に構え、息を止めて打ちおろす。そして、息を静かに吐きながら残心する。棒きれでも何でもよい、両腕を引きあげ、一気呵成に振りおろす。この動きを三百回ずつ、朝と晩に繰りかえすのだ。さすれば、おぬしは誰にも負けぬようになる。強くなりたければ、毎日六百回の素振りを繰りかえすがよい」

「はい」

さきほどから、門前に大きな人影が佇んでいた。

戻ってきた秋葉山が、そっと覗いているのだ。

又兵衛が顔を向けると、頭を深々とさげた。

「太郎吉、こっちに来い」

呼ばれた太郎吉は、嬉しそうに駆けていく。

「平手さま、何から何までお世話になりました。このご恩は、けっして忘れませぬ」

「行くのか」

「はい、雨もあがりましたので」

表口のほうに目をやるので、主税にも礼を言いたいのだなと察した。

静香も気づき、申し訳なさそうにこたえる。

「父は昼寝からまだ目覚めておりませぬ」

「さようですか。では、よしなにお伝えください」

「ちょっと待て」

又兵衛は静香に命じ、紙と硯と墨を持ってこさせる。

「義父上が喜ぶゆえ、手形を貰えぬか」

「お安いご用にござります」

墨を擂って大きな掌を硯に浸し、真っ白な紙に手形を押してもらう。

「ふむ、これでよい」

「機会があれば四股を踏んでみせますと、ご隠居にお伝えください」

「かならず伝えよう」

「されば」

秋葉山はもう一度頭を深くさげ、太郎吉とともに去っていく。

又兵衛は静香の袖を引き、ともに冠木門の外まで見送りに出た。

「何だか淋しゅうござりますね」

「そうだな」

「父上が起きておれば、もうひと晩泊めろと申したはず」

「それは勘弁だ。毎日米一升を食われたら、たまったものではない」

「仰(おお)せのとおりにござります。されど、又兵衛さまには父の気持ちがおわかりかと」

「ん、何が言いたい」

「又兵衛さまの太郎吉をご覧になる目、厳しいなかにも慈愛(じあい)が込められており、まことの父上かとおもいました」

「……さ、さようか」

不意打ちを喰(く)らったように感じられた。

静香は早く子が欲しいのだ。

「父も申しておりました。早く孫の顔がみたいと」

「まことか。まことに、さようなことを」

「されど、こればかりは」

「授かりものゆえな」

それきり、会話は途絶えた。

夜の褥が待ち遠しくもあり、恐くもあったが、いざとなってみれば平常と変わらず、さして特別なこともなかった。

三

——かあ、うかあ。

耳に聞こえてきたのは、明け烏の鳴き声であろうか。

翌朝早く、ぼんくら同心の桑山大悟が訪ねてきた。

「おう、でえごか」

何度か手柄を譲ったことがあり、定廻りでは唯一、又兵衛の指図にしたがう。

ただ、頭の回転が鈍いので、さほど役には立たない。

「かように早くから、いかがした」

「いかがもへちまもござりませぬ。昨晩、元力士の大男が商人を撲って怪我をさせたうえに、妾を奪って逃げようとしたのでござります」

「もしや、秋葉山ではあるまいな」

「やはり、ご存じでしたか。小童が泣きながら、平手さまのお名を叫んでおりましたゆえ、夜が明けるのをみはからって参じた次第で」

「ふたりは今、何処におるのだ」

「目と鼻のさき、三四の番屋でございます」

伊勢桑名藩十一万石を治める松平越中守の上屋敷を右手にみながら越中橋を渡り、楓川に沿ってしばらく歩けば、本材木町四丁目と三丁目のあいだに「三四の番屋」と通称される大番屋がみえてくる。

秋葉山大五郎は昨晩遅くに縄を打たれ、仮牢に繋がれているようだった。

「吟味方の渡辺さまもお越しです」

「なに、渡辺さまが」

でえごは渡辺に命じられて馳せ参じたらしい。

「今からお越し願えませぬか」

困った顔をみれば、面倒なことになりかけているのはわかる。

「よし、まいろう」

朝餉もとらずに出仕の支度を済ませ、裃姿で冠木門をあとにした。

でえごの案内で三四の番屋に来てみると、廻り方の同心や小者たちが欠伸を嚙み殺している。

「はぐれめ、やっと来たか」

嫌味な台詞を吐いたのは、馬面の吟味方与力である。

渡辺忠馬、下の連中からは「渡忠」と呼ばれていた。鬼左近につづく二番手に甘んじているものの、自分は南町奉行所随一の切れ者だと勘違いしている。

「秋葉山は存じておろうな」

「ええ」

「撲った相手は若狭屋十郎兵衛、神田須田町の両替商だ。世間知らずのおぬしでも、屋号くらいは存じておろう」

金満家の名士で、歌舞伎興行の金主にも名を連ねている。

若狭屋に訴えられたら、吟味方も動かぬわけにはいくまい。

「三年前、若狭屋は秋葉山の後ろ盾になっていた。もちろん、秋葉山がかつての贔屓筋を知らぬはずがない。おふうという妾のことも知っていた。おおかた、おふうに岡惚れでもしておったのだろうよ。そうでなければ、島田町の妾宅を襲ったりはせぬだろうからな」

「秋葉山は妾宅を襲ったのですか」

冷静を装って尋ねると、渡忠はふんと鼻を鳴らす。

「そいつは若狭屋の訴えだ。秋葉山はちがうと言い張っておるが、詳しい経緯はこたえたくないと抜かす。ならば、若狭屋の訴えを信じるよりほかになかろう」

相撲取りにとって、贔屓筋は主人筋と同等にみなされる。怪我の程度にもよるが、若狭屋の訴えを吟味糺でそのまま採用すれば、遠島などの重い罰を科されてもおかしくはなかった。

「小童がおぬしの名を叫んだ。助けてほしいと泣きながらな。秋葉山に尋ねてみれば、一宿一飯の恩義があると抜かす。まことなのか」

「ええ、まあ」

そういえば、太郎吉のすがたがない。

父親ともども、板戸一枚隔てた仮牢に入れられているのだろうか。

ともあれ、四つ辻でひとり相撲を見物してからの経緯をはなすと、渡忠は嘲るように言った。

「能楽者め、秋葉山はいかさま相撲で土俵を逐われた男であろうが」

「それは、あくまでも噂にござりましょう」

「噂でも世間は秋葉山を信用せぬ。いかさま力士の肩を持てば、町奉行所の威信も地に堕ちよう。いずれにしろ、ひとり相撲で投げ銭を乞う男など物乞いも同然、十手を預かる与力ともあろう者が物乞いを家に招き、歓待したうえで泊めることなどあってはならぬ」

ゆえに、口を挟むな、関わりを持つなと、釘を刺しておきたいのだろうか。

「ふん、まあよい。こたびばかりは大目にみてつかわす。事情はわかったゆえ、おぬしにもう用はない。出仕してもよいぞ」

　ここで引きさがるわけにはいかない。

「まだ少し猶予がござります。秋葉山に会わせていただけませぬか」

「会ってどうする」

「事の真相を糺します」

　渡忠は身を乗りだし、目を細めて睨みつけてくる。

「無駄なことは止めておけ」

「無駄ではありませぬ。若狭屋と秋葉山の訴えは、あきらかに異なっております。どちらかが嘘を吐いていることになる。まんがいち、若狭屋のほうが嘘を吐いていると証し立てできたならば、虚言妄言を信じようとした渡辺さまも責を負うことになるやもしれませぬ」

「怪しからぬ。このわしが虚言妄言を信じるとでも申すか」

渡忠は河豚のように頰を膨らませ、真っ赤な顔で怒鳴り散らす。

又兵衛は堂々と胸を張り、表情ひとつ変えずにたたみかけた。

「身分の上下や貯えの多寡を考慮して裁くことは、重々気をつけねばならぬ。御奉行も常日頃から、さように仰せでござります。ここは慎重な調べが必要かと」

「うるさい、黙れ。おぬしの顔など、みとうもないわ。早う去れ。二度とわしのまえに顔を出すな」

又兵衛は一礼し、あっさり引きさがった。

大番屋から外へ出ると、でえごが待ちかまえている。

柱の陰に隠れていたのは、泣き顔の太郎吉であった。

「……お、お許しを」

懸命に謝ろうとするので、又兵衛は屈んで両腕を摑む。

「泣くなと言うたであろう。父上の縛めは、わしがすぐに解いてやる。約束するゆえ、泣かずに待っておれ」

「……は、はい」

父をおもう子の辛さがわかるのか、でえごも涙目になっている。

又兵衛はでえごに向きなおり、一朱金を二枚ほど握らせた。

「こやつに美味いものでも食わせてやれ」

「えっ、拙者がですか」

「おぬし以外に誰がおる。太郎吉の面倒はおぬしがみてやるのだ。秋葉山に何かあったら、すぐに報せろ」

「はあ」

ついでに、秋葉山が襲ったという妾宅の場所を聞いておく。

納得がいかぬ様子のできそこない同心を尻目に、又兵衛は数寄屋橋のほうへ急いでおもむいた。

例繰方の御用部屋に出仕し、溜まっている役目を手際よく片付けねばならない。

秋葉山の一件を調べるにしても、動くことができるのは夕方からだ。

渡忠は真っ赤な顔で怒っていたが、あれだけのことを言っておけば、偏った吟味は控えるであろうし、秋葉山に酷い責め苦を与えることもなかろう。たとい笞か何かで叩かれても、元力士ならば、二、三日は耐えられるにちがいない。

又兵衛はそこまで読んだうえで、ひと肌脱いでやろうと腹を決めたのである。

四

夕刻になって役目を終えると、又兵衛は誰よりもさきに奉行所をあとにし、そぼ降る雨のなか、若狭屋が店を構える神田須田町へ向かった。

だが、途中でおもいとどまり、京橋のそばから小舟を仕立てた。

大川を渡ってめざしたのは深川の島田町、若狭屋の妾宅である。

海千山千の両替商よりも妾のほうが真実をはなしてくれそうな気がしたのだ。

油堀から十五間川を経由して陸へあがれば、辺りはすでに薄暗くなりかけている。

でえごに告げられた袋小路に踏みこむと、黒板塀の平屋から妾のおふうらしきおなごがあらわれた。

つま先立ちになって両手を伸ばし、軒行灯に灯を点けようとしている。

又兵衛は袖をひるがえし、大股で歩みよった。

「もし、おふうどのか」

振りむいたおなごは、咄嗟に袖で片方の目を隠す。

「何か」

棘のある声で聞かれ、又兵衛は戸惑った。

見知らぬおなごに喋りかけるのは得手ではない。

それと察したのか、おふうが助け船を出してくれる。

「御用の筋ですか」

「いかにも、秋葉山のことでな」

「大五郎さんが、どうかしたのですか」

下の名で呼んだのは、親しい証しであろう。

何が起こったのか、わかっていないようだった。

「大番屋の仮牢に繋がれておる。若狭屋を撲って、妾のおぬしを奪おうとしたそうだ」

「まさか」

おふうはことばを失った。

晒された左目の瞼が青黒く腫れている。

又兵衛は顔をしかめた。

「その傷、若狭屋に撲られたのか」

返事はない。たぶん、そうなのだろう。

「秋葉山は若狭屋の訴えをみとめておらぬ。されど、詳しいはなしをしようとせぬ。今のままでは、重い罪を科されるやもしれぬ」

「まことですか」

「若狭屋は三年前、秋葉山の後ろ盾だったと聞いた。贔屓筋は主人筋も同然。主人を傷つければ、遠島や死罪も覚悟せねばならぬ」

「そんな、困ります」

おふうは慌てて、袖にしがみついてくる。

又兵衛はそっと手を解き、できるだけ優しく問うた。

「どうして困るのだ」

「大五郎さんは旦那さまを傷つけてなどおりませぬ。正直にはなせば、わたしが折檻されるとおもい、口を噤んでいるのでござります」

「おぬし、秋葉山に会ったのか」

「昨日、三年ぶりに再会いたしました」

両国広小路でひとり相撲を取っているところを偶さか見掛け、矢も楯もたまらず声を掛けたのだという。

「かつては関脇にまで昇進した関取です」

投げ銭を乞う様子に驚かされつつも、一所懸命にひとり相撲を取るすがたに涙が出そうになったらしい。

「男の子がおったであろう」

「太郎吉ですね。大きくなったので驚きました」

おふうは父子を近くの一膳飯屋へ連れていき、飯を奢ってやりながらむかしばなしに花を咲かせた。

「そこへ、地廻りの千吉親分があらわれたのです」

鰐口の千吉と言われても、又兵衛はぴんとこない。廻り方ならば知らぬ者のいない地廻りらしく、内神田一帯を縄張りにしており、勧進相撲の仕切りを任されたこともある。三年前、秋葉山を若狭屋に引きあわせた人物でもあった。

「たぶん、手下がわたしらを見掛けたんだとおもいます。千吉親分は大五郎さんの顔をみるなり、もう一度相撲を取らぬかと持ちかけてきました。でも、大五郎さんはきっぱり断りました。たぶん、三年前の二の舞いは御免なんだとおもいます」

「三年前の二の舞いというと」

大関戦でわざと負けるように持ちかけ、秋葉山にいかさま相撲を取らせようとしたのは、鰐口の千吉なのだという。

「そのときも、大五郎さんはうんと言わなかった」

尋常な勝負になったので賭けは成立せず、大金を儲け損ねたと、若狭屋が酔ったついでにぽろりと本音を漏らしたらしい。

「待ってくれ、若狭屋は秋葉山の後ろ盾であろう。なのに、相手の勝ちに金を賭けようとしたのか」

「旦那さまは相撲もたいしてお好きではないし、ご贔屓の力士が勝とうが負けようがどうでもよいのです。言ってみれば、賭け事で儲けを得たいがために、力士の後ろ盾になっておられるにすぎませぬ」

そもそも、神聖な勧進相撲を賭けの対象にすることは禁じられている。だが、それは建前にすぎず、勤番侍や不浄役人でさえも闇で賭け事に興じているという噂は以前からあった。

どうやら、鰐口の千吉なる素姓の怪しい男が闇の舞台への繋ぎ役らしい。実力のある秋葉山を巻きこもうとしているのはあきらかだった。

千吉は「あきらめねえぜ」と言い残し、一膳飯屋から去っていった。

一方、おふうは秋葉山と再会を約し、何軒か買い物をしてから妾宅へ戻った。

すると、旦那の若狭屋が鬼の形相で待ちかまえていたという。

「有無を言わせず、顔を撲られました」

「それがその傷か」

「はい。たぶん、千吉親分に聞いたんだとおもいます」

若狭屋は嫉妬深い男で、別の男と喋っていたと知っただけで、おふうに撲る蹴るの乱暴をはたらくのだという。ましてや、相手がむかし馴染みの秋葉山と知り、頭に血をのぼらせたにちがいなかった。

「何かあれば、すぐに手をあげるんです。もう慣れっこだから、これしきの傷は何でもありません」

妾としての給金はよいので、簡単には別れられない。そのあたりは、又兵衛も理解のおよばぬところだった。

「大五郎さんは千吉親分の誘いを断った。だから、旦那さまから酷い目に遭わされたんだとおもいます。お役人さま、どうかお助けください」

おふうは両手を合わせて懇願し、秋葉山への強いおもいを告げる。

「大五郎さんは能登の出で、けっして嘘の吐けぬおひとです。朴訥で強いところに、わたしは以前から憧れておりました。あれほど男らしいおひとはみたことがありません。拾い子の太郎吉を育てているのだって、幼い頃に水の被害で双親を亡くした幼い自分と重ねているからなんです」

今から四年前、秋葉山は菩提寺の門前で拾ったと言い、痩せこけた三つの幼子を連れてきた。幼子の着ていた粗末な着物の襟元には布が縫いつけられ、拙い字で「この子をどうか生かしてください」と書かれてあった。育てられなくなった母親に捨てられたのだと、おふうはすぐに悟ったのだ。

「大五郎さんにどうするのかと聞きました。そうしたら、これはきっと神仏のお告げだろうから、自分の手で育てあげねばなるまいと豪快に笑ったんです。優しくて力持ちの大五郎さんを、死なすわけにはまいりません」

自分にできることは何でもすると、おふうは涙ながらに約束してくれた。

「下手に真実を訴えれば、若狭屋に折檻されるぞ」

「それでも、いっこうにかまいません」

「さようか。そこまでの覚悟を聞かされたら、どうにかせねばなるまいな。よし、わしが若狭屋を説いてみよう」

「まことですか……あの、お役人さまのことを何とお呼びすれば」

「平手又兵衛だ」

「平手さま。どうかどうか、よろしくお願いいたします」

深々とお辞儀され、又兵衛はうなずいた。

いずれにしろ、秋葉山を解きはなちにするには、若狭屋が訴えを取りさげねばならない。事を荒立てぬためにも事前にはなしを通しておくほうがよかろうと判断し、又兵衛はその足で神田須田町へ向かった。

五

闇は深まり、雨も強くなりつつある。

神田須田町の若狭屋へやってくると、表戸は固く閉じているものの、客らしき男が脇道から裏手のほうにまわり、しばらくすると袖をじゃらじゃらさせながら戻ってきた。

両替商は高利で金も貸す。夜間も金貸しの商いをやっているのだろう。

又兵衛は脇道から裏手へまわり、狭い入口からひょいと敷居をまたいだ。

「いらっしゃい」

内証には眉の薄い強面の男が座っており、ぎょろ目を剝いてくる。

物陰からは髭面の浪人者も顔を出した。

用心棒であろうか。茄子の古漬けを齧っており、不浄役人とわかるこちらの風体をみても動揺した様子はない。

「何かご用で」

薄眉に問われ、又兵衛は不機嫌な顔をつくった。

「主人を呼んでくれ」

「そのめえに、ご用件を」

慇懃無礼な態度だ。

「おぬし、若狭屋の番頭か」

「まあ、そのようなもんで」

「名は」

「千吉と申しやすが」

「なるほど、おぬしが鰐口の千吉か」

口が大きく、笑うと裂けたようにみえる。

「へへ、あっしをご存じなので」

「おぬしは地廻りであろう。いつから、若狭屋の提灯持ちをやっておるのだ」

「物騒な世の中でやすからね。ことに両替商は大金をあつかいやすんで夜盗に狙われやすい。だから、ご主人に頼まれて夜だけお手伝いを。へへ、これも町の安寧を司る地廻りの役目なもんで」

町の安寧を司るだと。ふん、調子のいいことを抜かしおって。

又兵衛は胸の裡でつぶやきながらも、顔にはいっさい出さない。

「へへ、近頃はお役人に化けた夜盗なんぞもおりやす。できれば、お名を頂戴できやすかい」

「平手又兵衛だ」

ぶっきらぼうに応じると、千吉は眸子を細めた。

「へへ、どちらの平手さまで」

「南町奉行所の例繰方与力だ」

「例繰方ってのはあれでやすかい。御白洲の隅っこで帳面に字を書いていなさるお役人のことで」

「それは書役の同心だ」

「おっと、失礼しやした」

わざと焦らし、こちらの本音を探っているのだ。

又兵衛は立ったまま、上から冷めた目で睨みつけた。

腹の底から怒ったときは、鷭のように月代が朱に染まる。だが、まだ染まるほどの怒りは感じていない。

又兵衛はあくまでも、冷静な口調で言った。

「これ以上待たせると、土足であがらせてもらう。それでもよいのか」

「ちょいとお待ちを」

千吉に顎をしゃくられ、髭面の浪人が暖簾の奥へ消える。

しばらくすると、猪首で短軀の五十男があらわれた。

男は上がり端の手前で正座し、ぺこりと頭をさげる。

「主人の十郎兵衛にござります」

肉厚の頬が顎に垂れ、分厚い唇の両端はさがっている。

この豚めと、又兵衛は胸中で悪態を吐いた。

見掛けで人の器量を判断する気はないが、一瞥すれば阿漕で欲深い商人であることはわかる。

「平手さまと仰いましたか、ご用件は何でござりましょう」

「秋葉山のことでまいった」

「ああ、それなら、吟味方与力の渡辺さまに包み隠さずおはなしいたしました」

「えっ、どういうことで」

「それはこっちが聞きたい。おぬし、秋葉山に撲られたらしいな。一見したところ、撲られた痕はないようだが」

「腹です。腹を撲られました」

「ほう、ならば、傷痕をみせてみろ。元力士に撲られたなら、臓物が口から飛びだしかけたはず。少なくとも、腹に痣のひとつくらいはできていよう」

「ご勘弁を。おみせするのも恥ずかしゅうござります」

布袋腹をさすってみせるので、又兵衛は顔をしかめた。

「おなごでもあるまいに、何を抜かす。ほれ、みせてみろ。それとも、黒い腹の中味をみせられぬのか」

「えっ」

「傷痕がないようなら、おぬしは吟味方に嘘を吐いたことになる。それがどういうことかわかっておろうな」

「……ど、どういうことでござりましょう」

「公儀を虚仮にした廉で、即刻、おぬしは死罪になる。小汚い首は獄門台に晒され、首無し胴は様斬りにされる。それでもよければ、嘘を吐きとおすのだな」

脅しがさほど効いておらぬのか、若狭屋は余裕の笑みをかたむけてくる。

「お待ちを。吟味方の渡辺さまは、手前のはなしをご信じになりましたよ」

そう言って後ろに合図を送ると、千吉が内証から鷲摑みで小判を持ってきた。

ついでに、茄子の古漬けを桶からひとつ取りだし、洗いもせずに脇へ添える。

「へへ、この古漬け、絶品なんでさあ。よろしかったらどうぞ」

などと、へらついた調子で言い、千吉は床に小判を一枚ずつ積みあげていった。

「ぜんぶで二十両ばかりござりましょう」

と、若狭屋が勝ち誇ったように言った。

「それでも足りなければ、もうひと山お積みしますよ」

渡忠にも同じことをしたのだろうか。

賄賂を貰ったことが吟味に影響をおよぼすようなら、渡忠も無事では済むまい。

又兵衛はおもむろに茄子だけを拾い、堆く積まれた小判を袖で一気に崩す。

「あっ、何をなされます」

「若狭屋、金を積めば役人は黙るとでもおもいこんでおるようだが、それはとんだ見当違いだぞ」

「南町奉行の筒井伊賀守さまは厳格なご性分でな。裏から賄賂を差しだす商人など信用できぬゆえ、即刻、縄を打って重い罪に処さねばならぬと、常日頃から仰せである。もはや、おぬしの命運は尽きたも同然だ」

「えっ」

「……そ、そんな」

筒井伊賀守の名を出したのが、覿面に効いたようだ。

阿漕な商人は身を震わせ、情けない顔で救いを請う。

「平手さま、どうにかなりませぬか」

そのことばを待っていたように、又兵衛は顔を近づけて囁いた。

「助かる方法がひとつだけある」

「是非ともお聞かせください」

「ならば、心して聞くがよい」

前のめりになる若狭屋に向かって、又兵衛は懇々と説いてやる。

何も難しいはなしではない。秋葉山に撲られたという嘘の訴えを取りさげればよいのだ。

「わかったな」

「へえ」

若狭屋は苦虫（にがむし）を嚙みつぶしたような顔になりつつも、又兵衛の言いなりになるしかなかった。

「さればな」

茄子の古漬けを囓（かじ）り、背を向けて敷居をまたいだ途端、千吉の悪態が低声（こごえ）で聞こえてくる。

「へぼ役人め、おぼえていやがれ」

その台詞、今宵（こよい）だけは聞きながしてやろう。

又兵衛は意気揚々（いきようよう）と、暗い脇道を通りぬけていった。

六

翌夕、秋葉山は解きはなちになった。

若狭屋があっさり訴えを取りさげたのだ。

ついでに、二度と妾に手をあげてはならぬと釘を刺しておいたので、当面はおふうが痛い目に遭わされる恐れもなかろう。

曇天のもと、又兵衛は解きはなちを見届けるべく、三四の番屋へ向かった。

ところが、秋葉山はついさきほど、身柄を請人へ引き渡されたという。立ちあった吟味方の渡忠もおらず、仮牢のなかは閑散としている。

請人が鰐口の千吉と聞き、又兵衛は眉を寄せた。

「ひと足ちがいにござりました」

小者は厄介払いができたとでも言わんばかりに、やれやれという顔をする。

「そういえば、請人は吹聴しておりましたよ。あのでかぶつをもう一度、大相撲の土俵にあげてみせると」

「まことに、さようなことを」

「ええ、秋葉山は黙っておりましたけど、ひとり相撲で生計を立てるくらいなら、土俵にあがったほうがいいに決まっている。たとい、いかさま相撲でも、ばれなきゃいいんですからね」

「もう一度言ってみろ」

又兵衛は顔色を変え、小者の襟首を摑む。

だが、すぐにおもいなおし、手を放した。

いくら怒ったところで、世間の評判を容易に変えられるものではない。

真実でなくとも、秋葉山は今も「土俵を逐われたいかさま力士」という風評から逃れられずにいるのだ。

突きはなすようだが、世間の目を変えたければ土俵に戻るしかない。強い相手に正々堂々と挑み、目を瞠(みは)るほどの勢いで勝ちつづけるしかないのだ。秋葉山にその気があるのだろうか。まことの気持ちを聞いてみたいとおもった。

が、まずは請人となった千吉をどうにかしなければならない。おおかた、秋葉山にいかさま相撲を取らせようとしているのだろう。何としてでも阻(はば)まねばとおもったが、すぐに千吉のもとへ向かわなかったのは、相手の出方をみてみようと慎重になったからだ。

それが仇(あだ)になった。

翌早朝、でえごが血相を変えて屋敷に駆けこんできた。

「平手さま、大変です」

「落ちつけ、何があった」

「殺しです。渡辺さまが、秋葉山の人相書を手配せよと息巻いておられます」

「まさか、秋葉山が誰かを殺(あや)めたと申すのか」

「いかにも、そのようで」

昨夜、侍の屍骸がふたつも神田川の土手道に転がった。

殺められたのは、小浜藩酒井家次席家老の倉重光太夫とその用人だという。宴席からの帰路を狙われたらしかった。

「十万三千石の大名家の次席家老と申せば、たいそうな大物にござります」

酒井家の目付筋も下手人捜しに奔走しているはずだ。

「検屍はできたのか」

「はい、どうにか」

番太郎から急報を受け、でえごも廻り方のひとりとして惨劇の場に向かった。

酒井家の連中もすぐに駆けつけ、強引に屍骸を引き取っていったため、検屍ができたのは幸運だったという。

「屍骸の顔は酷く撲られ、ひしゃげておりました。金瘡はござりませぬ。なるほど、力自慢の力士でもなければ、拳ひとつで人を殺すことなどできようはずもないと、渡辺さまも仰いました」

秋葉山は三年前まで酒井家のお抱え力士だったが、いかさま相撲を取ったという悪評が立ち、体面を保ちたい同家からお払い箱にされた。そのときに放逐する決断を下したのが、次席家老の倉重光太夫であったという。

「三年前の恨みを晴らすべく、秋葉山は次席家老の命を虎視眈々と狙っていた」

渡忠が描いているのは、そういう筋書きらしい。

「裏付けもござります。難を逃れた提灯持ちの渡り中間が、秋葉山に似た大男のすがたを見掛けておりました」

「まことか」

「渡辺さまが仰せになりました。秋葉山の仕業なら、平手さまの進言を容れて解きはなちにしたことが悔やまれる。もしかしたら、何らかの責を負わされるやもしれぬと落ちこんでおられるようで」

渡忠のことはどうでもよい。

「秋葉山はどうなった」

「行方知れずにござります」

「太郎吉は」

「じつは、まだ拙者のもとに。そのことを誰にも言えず、困っております。どうしたらよろしいのでしょう」

「しばらく預かってくれ」

「えっ」

「嫌とは言わせぬ。殺しの疑いを掛けられた者の身内を匿（かくま）っておるのだからな、おぬしとて今さらあとには引けまい。よし、こうなったら、わしらの手で殺しの真相を暴（あば）いてやろう」

「勘弁してくださいよ」

でえごは納得できない様子だが、又兵衛の指図を聞く以外に道はないものとあきらめるしかなかった。

さっそく、又兵衛は惨劇が起きた場所に向かった。

両国広小路を突っきり、神田川に架かる柳橋（やなぎばし）を渡れば、大川に沿って楼閣風（ろうかくふう）の料理茶屋が軒（のき）を並べている。

又兵衛はでえごに案内させ、料理茶屋から酒井屋敷にいたる道筋をたどった。

次席家老を乗せた駕籠（かご）はまず、柳橋を北から南に渡り、渡ってすぐに右手へ折れ、神田川の土手道を、浅草橋（あさくさばし）、新シ橋（あたらしばし）、和泉橋（いずみばし）と通りすぎて西へ向かった。さらに、筋違御門（すじかいごもん）前の八（や）つ小路（こうじ）を横切り、昌平橋（しょうへいばし）まで行けば酒井家の上屋敷にたどりつくものの、そこまでは進んでいない。

和泉橋を少し過ぎた辺りで襲われたのだ。

右手の土手には柳森稲荷（やなぎもりいなり）の鳥居があり、鳥居の奥には柳森富士（やなぎもりふじ）が聳（そび）えている。

熔岩を積んで築いた小高い山だが、浅間社を訪れる参拝者はかなり多い。

「この辺りでございます」

でえごに導かれた惨劇の場には、紫陽花の草叢があった。

草叢の一部が無惨にも倒れ、地べたには足跡らしきものも見受けられる。

「でえご、昨夜は雨が降っておったか」

「いいえ、降っておりませぬ」

「それなら、運が落ちておるかもな」

又兵衛は身を屈め、紫陽花の草叢に身を入れた。

四つん這いになり、何かを捜そうとする。

「あった」

「えっ、何がですか」

草叢から出てきた又兵衛は、大きめの石を持っている。

「ほれ、血が付いておろう」

「あっ、もしや、その石で次席家老を撲ったとか」

「まず、まちがいなかろう」

誰がやったかは判然としないが、少なくとも凶器は拳などではない。

石を使えば、力自慢の元力士でなくとも、人を殺めることはできよう。

「この石、使えるかもしれぬ。ほれ、おぬしが持っておれ」

でえごに石を手渡すと、あからさまに迷惑そうな顔をする。

「つぎは渡り中間だな」

又兵衛はつぶやき、鮮やかに咲き誇る紫陽花に背を向けた。

七

夜になった。

又兵衛とでえごは神楽坂をのぼったさき、牛込矢来下の物陰に潜んでいる。

見張っているのは酒井家下屋敷の裏木戸、四万坪近くはある広大な敷地の片隅には中間部屋があり、夜な夜な丁半博打がおこなわれていた。

渡り中間の権六は、そこに入り浸っている。

でえごが苦労して居場所をみつけてきた。

「三度の飯より博打が好きらしいですよ」

それはそうだろう。あれだけの惨劇に遭遇したにもかかわらず、翌日には丁半博打に興じているのだ。

夕方から小雨が降りはじめ、髪も羽織もじっとり濡れている。

「手っ取り早く済ませましょう」

でえごはいつもとちがい、気が立っているようだった。

無理もなかろう。手柄も期待できぬのに、朝から町中を駆けずりまわらねばならなかったのだ。

裏木戸の向こうは酒井家の領内ゆえ、踏みこむことはできない。

雨に打たれながら二刻（約四時間）余りも待ちつづけ、真夜中を過ぎた頃、ようやく権六らしき男が外へ出てきた。

「あいつです。ほら、頬に小判ほどの痣がある」

「よし、まいろう」

でえごが泥撥ねを飛ばし、背を丸めた男の背後に迫る。

権六は人の気配を察し、身を縮めながら振りむいた。

「おい、権六」

名を呼ばれた途端、権六は尻端折りで逃げだす。

「逃げるな、うわっ」

でえごが足を滑らせたので、又兵衛は追跡の一番手に躍りでねばならなくなった。

「くそっ」

逃げ足の速い男だ。

が、又兵衛も負けてはいない。

下り坂を必死に駆け、坂下に流れる川の手前で追いついた。

「この野郎」

後ろから飛びつき、折りかさなるように倒れる。

なおも権六は逃げようとするので、拳で頬を撲った。

「うっ」

手が痺れる。

権六はぐったりした。

泥だらけになったが、気にしてなどいられない。

しばらくすると、でえごが追いついてきた。

携えた龕灯を点け、辺りを照らす。

すぐそばの立札には「轟橋」という橋の名が書かれていた。

「平手さま、四町は駆けましたぞ」

でえごは褒めたつもりのようだが、又兵衛はまともに返事すらできなかった。

どうにか息を整え、目を閉じた権六の襟を摑む。

「おい、起きろ」

「こいつ、死んだふりをしてやがる」

でえごが龕灯をかたむけ、権六の頰を平手打ちにした。

それでも目を開けぬので、又兵衛が穏やかに語りかける。

「逃げたのは、やましい気持ちがあるからだな。知っておることを正直に喋れば、おぬしの罪は問わぬ」

「えっ」

　権六が目を開けた。

「見逃していただけるので」

「ああ、約束しよう。昨晩、おぬしは次席家老の提灯持ちをやり、神田川の土手道で凶事に出会した。そうだな」

「へい」

「何をみた」

「大男の影をみやした」

「その大男が、たったひとりで次席家老と用人を殺めたのか。しかも、拳ひとつで顔を潰したと聞いたが、それに相違ないか」

「相違ございません」

「たわけ」

間髪を容れず、又兵衛は吐きすてる。

権六は亀のように首を縮め、泣き顔になった。

「嘘を吐けば、土壇行きになるぞ」

「……そ、それだけは、ご勘弁を」

「今一度だけ機会を与えよう。何をみた」

「……な、何もみておりません。頭を抱えて蹲っておりやした」

「声は聞いたな」

「耳をふさいでおりやしたが、何人かの叫び声は聞きやした」

「襲った者は、ひとりではなかったと申すか」

「たぶん、大勢です。五、六人はいたんじゃねえかと」

「どうして、おぬしだけが助かったのだ」

「震えていると、誰かが近づいてきやした。死にたくなかったら、大男の影をみたと役人に伝えろと。頭をぺしっと叩いて、そのまま何処かへ行っちめえやした」

「そいつの顔をみたのか」

「いいえ、みたら殺られるとおもって」

固く目を閉じていたという。

「ふうむ、さようであったか」

「まことのはなしでごぜえやす。むしゃくしゃした気分を晴らすにゃ、博打を打つっきゃありやせんでした」

どうやら、嘘は吐いていないようだ。

又兵衛はでえごに命じ、権六を三四の番屋へ連れていかせることにした。

いったんは八丁堀の屋敷に戻り、心配する静香に茶漬けを作ってもらい、啜ったら早々に褥へはいる。

濡れたからだを温めるには、静香の温もりが必要だった。

泥のように眠った翌朝も、しとしとと雨は降りつづいている。

三四の番屋に足労すると、吟味方の渡忠が仏頂面で待っていた。

昨夜の顛末は、でえごから聞いているらしい。

「平手よ、また余計なことをしてくれたな」

「申し訳ございませぬ。されど、渡り中間の権六は嘘を吐きました。秋葉山の人相書を手配するのは時期尚早かと存じます」

「さようなこと、おぬしに指図されずともわかっておるわ」

「権六は解きはなちにしていただけませぬか」

「駄目だと言ったら」

「伏してお願いいたします」

又兵衛は膝に両手をつき、深々と頭をさげる。

「ちっ」

渡忠は舌打ちしつつも、仮牢の権六を連れてこさせた。

小者が縄を解いてやると、涙を浮かべながら去っていく。

「それで、おぬしはどうする気だ」

あらためて渡忠に問われ、又兵衛は襟を正した。

「秋葉山を捜し、本人から事情を聞きだします」

「ふん、無駄なことを。すでに、酒井家の目付筋が動いておる。下手人捜しは、わしらの手を離れたのだぞ」

「よろしいのですか、それで。渡辺さまは、真相をお知りになりたくないのですか」

「知る必要はあるまい」

「そうでしょうか。秋葉山が下手人として捕まれば、大番屋から解きはなちにした責を問われましょう」

「何を申す。おぬしのせいではないか」

「大番屋の仕切りは、渡辺さまに任されております。どのような言い訳も通用いたしませぬぞ。それに、この一件には秋葉山を下手人にしたい連中の思惑が絡んでいるのではないかと、それがしは疑っておりまする」

「下手人にしたい連中。誰なんだ、そいつらは」

「渡辺さまも、よくご存じの連中でござる」

「若狭屋か」

「それと、鰐口の千吉」

おもいあたる節でもあるのか、渡忠は黙りこむ。

若狭屋や千吉とは浅からぬ間柄だけに、自分が厄介事に巻きこまれてしまう危うさを憂慮しているのだろう。

「秋葉山をみつけて事情を糺せば、真相がわかるかもしれませぬ。少しだけ猶予をいただけませぬか」

　又兵衛のことばに、渡忠は首をかしげた。

「ひとり相撲しかできぬ大男を、それほど助けたいのか。何故、そこまでするのだ。一宿一飯の恩義があるのは、秋葉山のほうであろうが」

「相撲好きの義父が申しました。力士は国の宝ゆえ、何かあったらみなで守ってやらねばならぬと」

「義父か」

　渡忠はしんみりする。

「わしにも大相撲が生き甲斐の義父がおってな、ことに突き押し一辺倒の力士が気に入っておるようだ」

「秋葉山ではござりませぬか」

「ああ、そうだ。三年前の破竹の勢いを、今でも晩酌の肴にするほどでな」

　大関戦はわざと負けたと噂されているが、あれは真剣勝負で負けたのだと、昨日観てきたようにはなすという。

「されど、お役目とは切りはなして考えねばなるまい。秋葉山が金欲しさに次席家老を殺ったとしたらどうする。そのときは、手心をくわえるわけにはいかぬぞ」

「仰せのとおりにございます」

「そこまでの覚悟があるなら、教えてつかわそう。酒井家の内情についてな」

何か摑んでいるのか、渡忠は声を押し殺す。

意外な展開に戸惑いながらも、又兵衛はぐっと身を寄せた。

八

三年前、秋葉山はいかさま相撲の疑いを掛けられ、風評を気にした酒井家から放逐された。

じつは同時期、酒井家は国許で別の風評に晒されていたと、渡忠は言った。

鉄砲水の被害から立ちなおるべく、幕府から二万両におよぶお助け金を頂戴したのだが、その一部が藩の重臣に着服されたのではないかという疑惑である。そのときに疑われたのが次席家老の倉重光太夫で、のちに根も葉もない事実だったと判明したものの、秘かに訴えたと噂された重臣とのあいだで禍根を残す出来事となった。

噂された重臣は勘定奉行の道田多聞で、この道田こそが若狭屋十郎兵衛を藩の御用達に引きあげた張本人なのだという。若狭屋は道田に重用され、大名貸しを許されるほどの商人にまで出世し、道田も金の力で藩内での立場を盤石なものにしていった。

殿さまが相撲好きゆえ、道田は有望な力士を公金で何人も抱えこみ、一方の若狭屋は大相撲の勧進元になることで信用を築いた。ところが、去年あたりから大相撲にけちがつきはじめたらしい。勧進元が集めた金の上前をはね、裏金として何処かへ流されているというのである。

あくまでも噂にすぎぬと言いながらも、渡忠は神妙な顔でそうした内々の事情を教えてくれた。

実弟が養子にはいった家が酒井家の出入旗本で、どうやら、同家の内情を知り得る立場にあるらしい。もちろん、町奉行所の役人にとっては与りしらぬはなしだが、次席家老殺しの裏には酒井家内の醜い権力争いが絡んでおり、秋葉山は不幸にも巻きこまれたのかもしれぬと、渡忠は正直に存念を述べてくれた。

殺しの黒幕は、道田多聞なる勘定奉行なのだろうか。

不正を暴かれるまえに先手を打ち、宿敵の次席家老を亡き者にしたのかもしれない。

そこまでの筋書きを描いているのならば、吟味方与力の力を使って動けばよいのに、手柄にならぬことはしたくないと、渡忠は力無く笑ってみせた。

おぬしが動くのはかまわぬが、失敗ったときのとばっちりは御免だし、まんがいちにも真相がわかったあかつきには、手柄をすべて寄こせと言われ、又兵衛は苦笑せざるを得なかった。

いずれにしろ、怪しいのは鰐口の千吉である。

道田と一蓮托生の若狭屋から殺しを請けおい、刃物を使わぬことで秋葉山に濡れ衣を着せようとしたのではないか。

そうであったならば、放っておくわけにはいかなかった。

辺りがすっかり暗くなった頃、又兵衛はでえごを連れ、神田須田町の若狭屋へ向かった。

「石は持ってきたか」

「はあ。されど、何で血濡れた石を持っていかねばならぬのでしょうか」

「あとでわかる。温石代わりに持っておれ」

若狭屋に着くと、さっそく脇道から裏手へまわった。

狭い裏口から内へ踏みこむと、強面の連中が屯している。

まんなかの千吉が口をひらいた。

「お待ちしておりやしたよ、平手又兵衛さま」

「ほう、ありがたくない歓迎だな」

「今宵はどのようなご用件で」

「殺しの吟味さ」

又兵衛はそう言い、髭面の浪人者を捜す。

「師角先生なら、旦那さまのお供で宴席に行かれやしたよ」

「ふうん、あの用心棒、師角と申すのか」

「居合斬りの名人でしてね、力量は江戸でも五指にへえりやしょう」

「そうはみえなかったな」

「人は見掛けによらぬもの」

「おぬしは見掛けどおりの悪党だな」

すかさず切りかえすと、五、六人の乾分どもが一斉に殺気を帯びる。

千吉は派手な着物の袖を振って制し、眉の薄い顔で嘲笑った。

「まさか、あっしが酒井さまのご重臣を殺ったとお思いで。何か証しでもおありでやすかい」

又兵衛は上がり端の隅っこを覗いた。

「茄子の古漬けは、まだあるのか」

「ええ、ござんすよ」

「あれが欲しくなってな。桶ごと持ってきてくれ」

「承知しやした」

千吉は何ひとつ疑いもせず、乾分に命じて漬物桶を持ってこさせた。

又兵衛は上から桶を覗きこみ、ほっと溜息を吐く。

「やはりな」

「どうかしやしたか」

「漬物石がないぞ」

「えっ」

「でえご、あれを」

「はっ」

でえごに手渡された石を、ごろっと床に転がしてやる。

「その石であろう。桶にぴったり嵌まる大きさだで。何処でみつけたとおもう」

「さあ」

「おぬしらが次席家老を殺めた土手道さ。ほれ、よくみてみろ。血がこびりついておろう」

千吉は黙った。

全身に殺気を帯びている。

窮鼠猫を嚙むの諺どおり、刃向かうつもりであろうか。

「しゃらくせえ」

つぎの瞬間、千吉は立ちあがった。

又兵衛が動くよりも早く、でえごが床に跳びあがる。

有無を言わせず、千吉の額に十手を振りおろした。

――ばこっ。

額がぱっくり割れ、夥しい血が噴きでてくる。

血の量に驚いたのか、乾分どもは石仏のように固まった。

「おぬしに似合わず、素早い動きだな」

褒めてやると、でえごは照れた。

乾分どもは抗うこともなくお縄になり、殺しに関わっていない者が惨劇の経緯を喋った。

おもったとおり、千吉たちが次席家老の駕籠を襲ったのである。

まずは用人を血祭りにあげ、次席家老の倉重を駕籠から引きずりだした。

漬物石で顔を撲ったのは、用心棒の師角であったという。

やはり、秋葉山に濡れ衣を着せるため、刃物を使わなかったらしい。

殺しを命じたのが誰かは、乾分たちにもわかっている。

報酬は百両を超えていたようだが、それだけの報酬を出すことができるのは若狭屋十郎兵衛しかいない。

阿漕な両替商はどうやら、柳橋の料理茶屋で祝杯をあげているらしかった。

邪魔者が消えたことを祝す宴席の主客は、酒井家の勘定奉行にちがいなかろう。

「平手さま、どういたしますか」

でえごの問いに、又兵衛は明確なこたえを持っていた。

「こやつらを酒井家へ突きだす。漬物石を添えてな」

「それから」

「宴席に踏みこみ、若狭屋の化けの皮を剝いでやる」

又兵衛にしてはめずらしく、感情を露わにする。

眉間を割られた千吉が、ふいに目を開けた。

「……そ、そうはいかねえぜ」

血だらけの顔で笑ってみせる。

「若狭屋の旦那は、切り札を握っていなさるんだ」

「切り札だと」

「妾のおふうさ。秋葉山はおふうにほの字だ。あの野郎はかならず、助けにくる」

「おぬしら、居所を知っておるのか」

「知らねえよ。でもな、連絡を取る術はわかっている。両国広小路で投げ銭を乞うにも非人頭の許しが必要でな。頭に言付けしておけば、あの野郎はまちげぇなく宴席にやってくるって寸法さ」

若狭屋は勘定奉行の道田ともども、罠を張っているようだった。

それならそれで、こちらにもやりようはある。

「でえご、こいつらを柱に縛りつけておけ。それが済んだら、上屋敷に注進するのだ」

「誰に何を注進すれば」

「できるだけ位の高い者に目通りを願い、ありのままを伝えろ。この機を逃せば、獅子身中の虫を取り逃がす。それでもよいのかと煽るのだ」

千吉が嘲笑った。

「けへへ、無駄だよ。不浄役人の訴えなんざ、聞く耳を持つわけがねえ。例繰方のへぼ与力がたったひとりで飛びこんだところで、返え討ちに遭うだけのはなしさ。おめえさん、師角の旦那を嘗めちゃいけねえよ。あの先生はな、金のためなら何だってやる。木っ端役人のひとりやふたり、葬ることなんざ朝飯前さ」

「おぬしは、ちと喋りすぎるな」

又兵衛は身を寄せ、手刀を繰りだす。

「ぐふっ」

首の付け根を叩かれ、千吉は白目を剝いた。

ともあれ、急がねばならない。

又兵衛は踵を返すと、後ろもみずに外へ飛びだした。

九

料理茶屋が軒を並べる川端は騒然としている。

無数の龕灯に照らしだされたのは、小山のような巨漢であった。

「くそっ、遅かったか」

又兵衛は悪態を吐いた。

酒井家の捕り方に囲まれているのは、秋葉山大五郎にほかならない。
「それ、囲め囲め」
指揮を執っている陣笠の侍は、徒頭あたりだろう。
徒頭の背後には床几が置かれ、偉そうな人物が座っている。
勘定奉行の道田多聞にちがいない。
かたわらには、小太りの若狭屋十郎兵衛が立っていた。
「止めて、止めてえ」
少し離れた軒下で、おなごが必死に叫んでいる。
おふうだ。
若い連中に両脇から腕を押さえられ、逃れようにも逃れられない。
用心棒の師角はみあたらなかった。
物見高い連中が、周囲にどんどん集まってくる。
「うおっ」
獣のように咆えたのは、秋葉山であろうか。
小者のひとりを担ぎあげ、藁人形のように投げとばす。
捕り方は全部で二十人、いや、三十人はおろうか。

鎖鉢巻の同心たちもおり、突棒や刺股や袖搦みを持った小者たちをけしかけている。

秋葉山は道具を奪って叩き折り、近づく連中を突き押し一発で昏倒させる。

何人かが束になってかかっても、岩盤のような壁は突きくずせない。

それにしても、信じられない光景である。

まるで、川端の一角に即席で歌舞伎の舞台が築かれたかのようだ。

秋葉山は迫りくる敵を担いでは投げ、掌で突いては昏倒させた。

「何をしておる。早う搦めとれ」

今や、道田自身が立ちあがり、後ろから声を嗄らしている。

又兵衛は我に返り、道田たちのほうへ近づいていった。

だが、途中で何者かに阻まれる。

髭面の用心棒、師角であった。

「あんたの出る幕ではない」

淡々と言いはなち、茄子の古漬けを囓った。

「それはこっちの台詞だ。公儀に刃向かえば、重い罪に問われるぞ」

「あのでかぶつは、酒井さまの獲物だ。何せ、次席家老を殺めた男だからな。取り逃がせば、それこそ酒井さまは世間の笑いものになる」

「ふん、次席家老を殺ったのは、おぬしであろうが。証しはあがっておるのだぞ」

「証しがあるというのに、たったひとりで馳せ参じたのか。わしがおもうに、あんたはひとり相撲を取っているだけであろう。どっちにしろ、死んでもらったほうがよいかもしれぬな」

今の情況なら、混乱に乗じて葬ることもできよう。

師角はそう考えたのか、ぐっと腰を落とす。

又兵衛も身構えた。

居合の名人は刀を抜かず、鞘の内で勝負を決めるとか。

師角に隙はない。

中途半端に捕らえようとすれば、確実に死ぬなと、又兵衛はおもった。

相討ち覚悟で真剣を使うしかなさそうだ。

腰には刃引刀ではなく、和泉守兼定がある。

二尺八寸の長尺ゆえ、抜刀の際は鯉口を左手で握って引き絞らねばならぬ。

又兵衛はこの「鞘引き」に長じているものの、名人の居合抜きには勝てる気がしなかった。

となれば、さきに抜いておくしかなかろう。

だが、又兵衛は敢(あ)えて抜こうとしない。

師角が首をかしげた。

「抜かぬ気か。ふん、まあよかろう。どうせ、あんたは死ぬ。一合も交(まじ)えずにな」

「そうかもしれぬ」

達観したようにつぶやき、抜かずに間合いを詰めた。

三間(けん)ほど手前で足を止め、前触れもなく屈みこむ。

「はっ」

又兵衛は宙へ跳んだ。

強靱(きょうじん)な脚力で跳んだ高さは、相手の想像を遥(はる)かに超えている。

「つおっ」

師角は素早く抜刀したものの、振りあげた刀の先端は足裏にも届かない。

抜かせてしまえば、こっちのものだ。

又兵衛は跳びながら刀を抜いていた。

地に降りるや、独楽(こま)のように回転する。

――ばっ。

刃風が唸った。
互の目乱の刃文が閃き、喉首を切断する。
驚いた師角の顔が、地べたに落ちていった。
斬った感触すらもない。
又兵衛は長々と息を吐き、平地の樋に溜まった血を切る。
少し遅れて、屍骸が地べたに転がった。
気づいた者とていない。
兼定を黒鞘に納め、又兵衛は大股で歩みだす。
道田は立ちあがり、真っ赤な顔で何やら叫んでいた。
秋葉山はとみれば、三方から梯子を押しつけられ、身動きができずにいる。
進退窮まったか。
髪はざんばらに乱れ、傷だらけの半身が桜色に上気していた。
近づく又兵衛に気づいたのは、若狭屋である。
すかさず、道田の耳許に何か囁いた。
道田は黙然とうなずき、捕り物の行方に目を凝らしている。
又兵衛がそばまで近づくと、若狭屋がへらついた調子で喋りかけてきた。

「例繰方の旦那が、いったい何のご用です」

返事をするのも面倒臭い。

又兵衛は歩みを止めず、若狭屋に迫るや、拳でこめかみを撲りつけた。

――ばこっ。

阿漕な商人は横転し、動かなくなってしまう。

道田がようやく振りむいた。

「おぬしは何者じゃ」

「南町奉行所の与力にござる」

「引っこんでおれ。不浄役人風情が口出しすることではない」

「そうは烏賊の何とやら。秋葉山をお渡しするわけにはまいりませぬ」

「ふざけておるのか。この捕り物には、御家の威信がかかっておるのじゃぞ」

「威信ではなく、ご自身の保身ではありませぬか」

「おぬし、わしが誰だかわかっておるのか」

「勘定奉行の道田多聞さまであられましょう。地廻りの連中を使って、次席家老の倉重光太夫さまを謀殺させましたな」

「何じゃと。おぬし、首を失いたいのか」

「もちろん、首を失う覚悟で申しております。ただし、御家の内情に首を突っこむつもりはござりませぬ。勘定奉行が次席家老を謀殺したなどというはなしが、まんがいちにも表沙汰になれば、由緒正しき酒井家の存亡にも関わってまいりましょうからな」

道田は血走った眸子で睨みつける。

「何が望みだ」

「さきほども申しました。秋葉山の身柄をお渡し願いたい。それさえご納得いただければ、余計な口出しはいたしませぬ」

「腐れ役人め、図に乗るなよ」

こうしたやりとりを交わしながらも、又兵衛はでえごの先導で酒井家の重臣が馳せ参じるのを期待していた。

だが、いっこうにあらわれる気配はない。

神田川の土手道に目を向けても、野次馬どもが人垣を築いているだけだ。

一方、秋葉山はついに力尽き、地べたにどしんと尻餅をついた。

「それ、かかれ」

酒井家の捕り方が一斉に群がり、秋葉山の大きなからだを雁字搦めに縛りつけてしまう。

「外道(げどう)め、手間をかけさせおって」

ぺっと、道田が痰(たん)を吐いた。

万事休すか。

又兵衛は項垂(うなだ)れた。

十

後ろの軒下では、おふうが泣き叫んでいる。

可哀相だが、これ以上は手のほどこしようがない。

そうおもったところへ、間抜けな声が聞こえてきた。

「おうい、待ってくれ」

土手のほうで手を振るのは、小銀杏髷(こいちょうまげ)の同心である。

「でえごか」

又兵衛の顔が、ぱっと明るくなった。

往来ではなく、川筋から舟を使って参じたのだ。

でえごの後ろからは、白髪の老侍と四十前後の侍が従いてくる。

三人は騒然とした雰囲気のなか、慌てたように近づいてきた。

道田は老侍に気づき、惚けたように口をぽかんと開ける。

まっさきに、でえごが駆けてきた。

「平手さま、お連れしました。御家老の南条帯刀さまをお連れしましたぞ」

「そうか、でかした」

手放しで褒めねばなるまい。

酒井家の江戸家老が直々に馳せ参じたのだ。

「ご尽力いただいたのは、あちらにおわす川島忠治郎さまであられます」

何処かで似たような顔をみた気がする。

でえごが身を寄せて囁いた。

「渡辺さまのご実弟ですよ」

「どうりで」

面立ちがよく似ている。

渡忠からも聞いていた。実弟が婿養子になったさきの川島家は、酒井家の出入旗本なのである。

でえごは運よく実弟と連絡を取ることができ、次席家老が殺められた経緯を説いたのだろう。そして、信じがたい殺しの筋書きは江戸家老へと伝わり、重い腰をあげさせるのに成功したのである。

もちろん、事の重大さを承知しているからこそ、南条帯刀はみずから参じたのだ。

慌てたのは道田であった。

江戸家老が血相を変えて来ることなど、考えもしなかったのだ。

いったい、どちらの命を聞けばよいのか、捕り物の指揮を執る徒頭も戸惑いを隠しきれない。

「道田よ、おぬしは天下の往来で何をしておるのだ」

南条に厳しい口調で問われ、道田は乾いた唇を嘗める。

「倉重さまを殺めた下手人、秋葉山大五郎を搦めとりましてござります」

「たわけ」

間髪を容れず、南条は怒鳴りつける。

すかさず、でえごが漬物石を抛った。

道田は石を眺めても、ぴんときていない。

南条はつづける。

「こちらの川島どのから一部始終は伺った。倉重光太夫の面を砕いたのは、その漬物石じゃ。地廻りの連中に殺しを命じたのは、おぬしが可愛がっておる小狡い両替商よ。無論、おぬしの意向にしたがってのことじゃ。道田多聞、おぬしは獅子身中の虫にほかならぬ。神妙にいたすがよい」

徒頭は南条に命じられ、道田を後ろ手に縛りあげる。

「御家老さま、あの者はいかがいたしましょう」

「秋葉山か、連れていけ。あの者にも問いたいことはある」

南条は重々しく発し、くるっと背を向けた。

川島はすぐに追わず、こちらに近づいてくる。

「平手どのと申したか。秋葉山のこと、よろしゅうござるな」

「すぐに解きはなちにしていただけましょうか」

「約束いたそう。それから、ご承知のこととは存ずるが、酒井家の内情はくれぐれもご内密に願いたい。こたびのことも、兄から前もって事情を聞いていたがゆえに、御家老に無理を言ってご足労いただいた。重臣殺しの経緯は表沙汰にせぬよう、兄にも頼んである。そこのところは、くれぐれもよしなに」

「承知いたしました」

川島はうなずき、ふっと微笑む。

「それにしても、相撲取りひとりを助けるために命を張るとはな。しかも、例繰方の与力と聞いたが、まことなのか」

「まことにございます」

「兄は申しておった。南町奉行所では、はぐれと呼ばれておるとか」

「そのようですな」

「人に関心がなく、何を考えておるのかわからぬ。さような男でも、人助けをしたくなるときがあるのだなあと、兄はずいぶん感じ入っておった。平手又兵衛はもしかすると、奉行所一のお節介焼きかもしれぬと笑っておったわ」

褒めてくれたのだろうか。全身がむず痒くなってくる。

「されば、これにて」

川島は一礼し、遠ざかる南条の背中を追っていった。

さきほどまで威張っていた勘定奉行は縄を打たれ、目を醒ました若狭屋も罪人のあつかいを受ける。

捕り方にしてみれば、寝耳に水のような出来事であろう。

苦労して捕まえた秋葉山をどうあつかえばよいのか、一様に戸惑いの色を隠せない。

　おふうも、わけがわからぬようだった。

　江戸家老の登場で事態は好転したが、秋葉山は縄を解かれていないのだ。

　又兵衛はでえごに命じ、おふうを軒下から連れてこさせた。

「平手さま、大五郎さんは連れていかれるのですか」

「案ずるな、すぐに解きはなちになる」

　優しく諭しても、おふうは納得できぬようだ。

　捕り方の酷い仕打ちが、目に焼きついているからだろう。

　いずれにしろ、給金を貰っている若狭屋には未練がないようだった。

　道田多聞と若狭屋十郎兵衛は連れていかれ、最後に縛られたままの秋葉山が小者に引かれてくる。

「大五郎さん」

　おふうは駆けより、腰のあたりにしがみついた。

「待っているよ。戻ってきたら、力餅を搗いてあげるからね」

「太郎吉を頼む」

「合点承知だよ。あの子はわたしが食べさせてあげる。なあに、妾の給金を貯めてあるから、当面の暮らしに苦労はしないさ」

「すまぬ」

「水臭いことは言いっこなし。待っているからね」

秋葉山は感極まり、ぐすっと鼻を啜る。

そして、又兵衛の正面に立ち、大きな身を縮めた。

「かたじけのうござりました」

「礼はいらぬ。その代わり、おぬしにひとつ聞きたいことがある」

「何でしょう」

「義父に頼まれてな。もう一度土俵にあがる気はないか、聞いておきたいそうだ」

「世間が許してはくれますまい」

力無く笑う顔が痛々しい。

本音では土俵に戻りたいのだなと、又兵衛は察した。

「すまぬ。嫌なことを聞いたな」

「いいえ。義父上さまにも、いずれ御礼に伺います」

「伝えておこう。さればな」

「はい」

捕り方に促(うなが)され、秋葉山は大きな背中を向けた。

おふうは握った手をいつまでも放さず、小者に阻(はば)まれてようやくあきらめた。

相惚(あいぼ)れのふたりは離れ離れになっても、固い絆(きずな)を保ちつづけることだろう。

ふたりがひとつ屋根の下で暮らせることを、祈らずにはいられなかった。

「平手さま」

でえごが喋りかけてくる。

「太郎吉は、どういたしましょう」

「そうだな。頃合いをみて、おふうのもとに届けておけ」

「はっ。では、そのように」

きびきびと応じるでえごが、できのよい廻り方にみえた。

いずれにしろ、ほんの一刻（約二時間）ばかりの出来事が、すべて夢であったような気がしてならない。

軒行灯(のきあんどん)がぼんやり霞(かす)んでいる。

小雨が降ってきたようだ。

「濡れて帰ろう」

又兵衛は心地よい疲れに身を委(ゆだ)ねた。

十一

数日後、重臣殺しの真相はあきらかとなり、勘定奉行の道田多聞は藩法で裁かれ、若狭屋十郎兵衛と鰐口の千吉は極刑に処せられる見込みとなった。

一方、秋葉山には赦免の沙汰が下り、罪に問わぬこととされた。

曇天のもと、秋葉山は両国広小路の片隅でひとり相撲を取っている。

太郎吉は笊を掲げ、あいかわらずの半べそ顔で佇んでいた。

おふうのすがたはない。

島田町の妾宅を引き払わねばならず、引越先を探しているとのことだった。

安価な裏長屋でもみつけ、三人で静かに暮らしたいようだが、正面切って秋葉山には告げていない。

どうやら、秋葉山のほうが遠慮しているらしかった。

稼ぎが無いも同然の身で、おなごの世話になるわけにはいかない。

かつては男伊達を競った元力士だけに、落ちぶれても勝負師の矜持だけは持ちつづけているのだ。

「下手くそ、止めちまえ」

通りすがりの連中は、心ないことばを浴びせていく。

なかには三年前の出来事をおぼえており、礫を投げる真似をする者まであった。

「いかさま野郎、消えちまえ」

胸に突き刺さる罵声である。

又兵衛でさえもそうなのだから、言われている当人はさぞ辛かろう。

「あれが世間じゃ」

いつの間にか、かたわらに主税が立っている。

「ほれ、太郎吉をみてみろ。口惜しすぎて、顔がひん曲がっておるわ。されどな、秋葉山の清廉さを信じる者もおる。このわしがそうじゃ。あやつをもう一度、土俵にあがらせたいとおもうておる」

仕舞いに「どうにかせにゃなるまい」と、主税は言いはなつ。

近頃の口癖だった。朝風呂の際も、晩酌の際も、同じことばを繰りかえす。

何か、あてでもあるのだろうか。

昨夜、静香にそっと尋ねてみた。

すると、あてがなくもないという。

小十人頭だった頃、主税は松江藩松平家の御前相撲によく招かれていたらしかった。

「松江と申せば、不昧公か」

五年前に鬼籍に入ったが、松平不昧（治郷）公の相撲好きはつとに知られたはなしである。不昧公の意向で松江藩は有力な力士を多く抱え、江戸や大坂の大相撲においても一大勢力を誇った。

その中心にいた力士といえば、雷電為右衛門にほかならない。

信州で生まれ、巡業相撲などで頭角をあらわし、伊勢ノ海部屋へ入門したのち、松江藩のお抱え力士となった。雲州に縁のある「雷電」の四股名を名乗ったのだ。横綱の谷風梶之助と小野川喜三郎の活躍で大相撲が隆盛を迎えるなか、雷電も順調に出世を重ねた。力士生活は二十一年の長さにわたり、江戸における本場所の在籍は三十五場所、大関在位は二十七場所、黒星はたったの十個、何と九割六分以上の勝ち星をあげた。大相撲史上未曾有の強さで、全国津々浦々の相撲好きを魅了してやまなかったのである。

主税はその雷電と宴席で酒を酌みかわした間柄でもあると聞き、又兵衛は腰が抜けるほど驚かされた。

「わたしはみたこともありませんけど、それは大きい方だそうです」

幼い又兵衛は父に連れられ、雷電の取組を目に焼きつけている。

文字どおり、山が動いているかのようだった。

雷電は還暦に近い齢となったが、今も健在だった。松江藩松平家は代替わりとなり、しばらくは相撲と縁遠くなっていたが、地道に若い有望な力士を探しつづけ、幕下の稲妻雷五郎を大関にまで育てあげた。

稲妻とはまさしく、三年前に秋葉山が挑んで撥ね返された相手のことである。

「秋葉山は雷電を神と崇めていたそうです」

拾った子につけた太郎吉という名も、雷電の本名らしかった。

主税は相撲のことになると、急に頭が冴えわたるようだ。

あいかわらず、秋葉山は懸命にひとり相撲を取っている。

「おぬしも来い」

何をおもったか、主税は秋葉山のもとへ近づいていった。

又兵衛も小走りで従いていく。

「おい、関脇」

主税の呼びかけに、小山のようなからだが振りむいた。

「もう一度、土俵にあがってみぬか」

「えっ」

「男になってみぬかと申しておる」

「それればかりは、無理にござりましょう」

一度土俵を去った力士が土俵に戻った前例はないし、部屋の親方衆や各藩の相撲頭取がみとめるわけもなかろう。

少なくとも、秋葉山はそうおもっていた。

又兵衛も同じ気持ちでいる。できることなら戻ってほしいし、秋葉山の雄姿をみてみたい。だが、戻りたくとも、戻る術がないのである。

にもかかわらず、主税は呼びだしを真似て、明朗な声を張りあげてみせた。

「ひがあしぃ、稲妻、稲妻。にいしぃ、秋葉山、秋葉山……そこにおる太郎吉のためにも世間を見返してやらぬか」

「えっ」

「三日後じゃ。泉岳寺で火事見舞いを兼ねた花相撲がある。興行は一日のみ。東西十二人の力士が集い、勝ちぬきの取組をおこなう。無論、真剣勝負じゃ。ひと枠だけ空きが出たようでな、とあるお方が力自慢を探しておられる」

秋葉山は返事をしない。

花相撲に出ぬかと唐突に打診され、面食らってしまったのだ。

主税はつづけた。

「踏ん切りがつかぬと申すなら、そのお方に出張っていただかねばなるまい。待っておれ」

又兵衛も告げられてはいなかった。

半刻（約一時間）ほど経った頃、主税がひょっこり戻ってくる。

後ろからは、特大の駕籠が一挺、のんびり従いてきた。

長大な棒を担ぐ駕籠かきは、前後合わせて十人におよんでいる。

いずれも同じ看板を纏った江戸勘の陸尺たちだ。

何だ何だと、野次馬どもが集まってくる。

大きな駕籠は秋葉山のそばまで近づいて止まり、みなが固唾を呑んでいると、駕籠脇の垂れがさっと捲れ、白足袋の大足がひとつ差しだされた。

とんでもない大きさの足である。一文銭を並べれば、十五文ほどはあろう。

大足の人物が、駕籠からのっそりあらわれた。

「……ら、雷電」

又兵衛は声をひっくり返す。

夢ではなかろう。

巨木のごとく立っているのは、雷電為右衛門であった。

「うわあ」

人垣から歓声があがる。

雷電は野次馬どもを制し、秋葉山に向かって太い声で言いはなった。

「四股を踏んでみろ」

「はっ」

秋葉山は素直にしたがい、片足をまっすぐ振りあげる。

――どしん。

凄(すさ)まじい衝撃に、下腹を突きあげられた。

――どしん、どしん。

秋葉山が四股を踏むたびに、地面が大きく揺れる。

「ふむ、よかろう」

雷電はうなずき、くるっと踵(きびす)を返した。

大きな駕籠に乗り、何事もなかったように遠ざかっていく。

寺社奉行の検分もない花相撲とは申せ、実力のない者を土俵にあがらせるわけにはいかない。

雷電は主税の口利き（くちき）でわざわざ足労し、元関脇の実力を確かめにきたのである。

もちろん、秋葉山に拒む（こば）理由はなかった。

神と崇める人物に誘われたのだ。

これを起死回生の好機ととらえ、死ぬ気でがんばるしかなかろう。

「おぬしに戻ってほしいとおもう者たちはおる。雷電親方もそのひとりじゃ」

主税のことばに、秋葉山は男泣きに泣いた。

されど、まことの勝負はこれからだ。

勝って頂点に立たねば意味はない。

ぶるっと、又兵衛は身を震わせた。

武者震（むしゃぶる）いであろうか。

「ふふ、おぬしが緊張してどうする」

主税にたしなめられ、又兵衛は頭を掻（か）いた。

十二

皐月十五日、泉岳寺の境内にはこの日のために真新しい土俵が築かれた。

遡ること正月十二日、麻布古川から出火した炎は折からの北風に煽られ、品川から鮫洲一帯までを焼きつくした。

たった一日の興行だが、今日の義捐相撲には大きな意味がある。

亡くなった人々を鎮魂し、遺された者たちの心を慰めねばならぬからだ。

薫風の吹きぬける五月晴れの蒼空を仰げば、神仏もすばらしい舞台をととのえてくれたと感謝したくなる。

勢揃いした力士たちは、いずれも大相撲の番付に載る者たちであった。

土俵下には大勢の見物人が押しかけており、おなごや子どものすがたも見受けられる。

この時期、幕下の取組にかぎって、おなごや子どもでも見物が許されていた。寺社奉行の立ちあわぬ花相撲や巡業相撲も同様で、このたびの義捐興行も相撲好きなら誰もが見物を許されている。

どよめきが起こったのは、稲妻雷五郎が土俵に登場したときであった。

雷電の肝煎りということもあり、番付の上位にある力士は松江藩のお抱え力士だけと聞いていたが、まさか、番付の頂点に立つ大関がすがたをみせるとはおもわなかったのだろう。

見物人の誰もが身を乗りだし、勝負の行方に固唾を呑んだ。

そして、義捐相撲は取組の途中から、異様な盛りあがりをみせはじめる。

十二人の力士が東西に分かれて一度ずつ相撲を取り、そののち、番付の下の者から勝ちぬき戦をおこなう。最後まで残った者同士で決着をつけるのだが、みなを驚かせたのは西で無類の強さを発揮した秋葉山大五郎であった。

唯一、番付に載っていない男が突き押し一本で東の力士たちを負かし、四人抜きをやってのけた。

五人目の相手は、小結（こむすび）の鳴滝文右ェ門（なるたきぶんえもん）である。

鳴滝にさえ勝てば、いよいよ大関の稲妻に挑むことができるのだ。

相撲好きならば、もちろん、秋葉山が関脇を張っていたことは知っている。

三年前にいかさま相撲を疑われ、土俵から去ったこともわかっていたし、因縁（いんねん）の取組が稲妻との一戦だったことも記憶していた。落ちぶれて野（や）に下ったあとは、ひとり相撲で投げ銭を乞うしかなかった。そんな哀れな男が、雷電という大立者（おおだてもの）の口利きで起死回生の機会を得た。そうした筋書きもすべて心得ているので、声援にも一段と力がはいらざるを得ない。

「あとひとり」

誰もがつぶやいていた。

小結の鳴滝に勝てば、秋葉山は三年前の屈辱を晴らす機会に恵まれるのだ。

土俵際の砂かぶりには、主税を筆頭に亀と静香、おふうと太郎吉も座っている。

しかつめらしい顔で座っている侍は、吟味方与力の渡辺忠馬と実弟の川島忠治郎であろう。

誰もが土俵を食い入るようにみつめていた。

突き押し一本で勝ちすすむ男の活躍に瞠目しているのだ。

今や、多くの者が秋葉山の勝ちを望んでいるかにみえた。

ただ、本音では大相撲の小結が投げ銭乞いに負けるとはおもっていない。

両者は土俵のうえで四股を踏んだあと、真正面で睨みあった。

鳴滝は冷静そのものだ。

秋葉山は四人と闘ってきただけに、さすがに息があがっている。

両者は股を割って身を屈め、左右の拳を土俵についた。

行司は軍配をさげ、ぐっと腰を落とす。

静寂が土俵を包んだ。

群衆は固唾を呑んでいる。

「八卦よい」

さっと、軍配があがった。

「のこった」

両者は同時に立ちあがったが、秋葉山の突き押しが力強い。

——どん。

凄まじい音とともに、鳴滝の半身が反りかえった。

だが、ふた突き目はいなされ、秋葉山は前のめりになる。

「あっ」

おもわず、又兵衛は叫んだ。

前に叩かれ、土をつけられたとおもったのである。

秋葉山は踏みとどまり、大きなからだで下からぶちかます。

——がつっ。

骨が軋むような音が響き、鳴滝は土俵下まで弾き飛ばされた。

わっと、歓声が湧きおこる。

又兵衛も我を忘れ、歓声をあげていた。

だが、これで終わりではない。

つぎはいよいよ、大関戦である。

三年前の再来となり、土俵下はいやが上にも盛りあがった。

上席で満足そうに眺めているのは、雷電にほかならない。

主税によれば、日の出の勢いだった秋葉山の実力を買っていたのだという。

「三十有余年前、雷電は上覧相撲で初めて負けた。相手は関脇の陣幕島之助じゃ」

幼い又兵衛が土俵下から観たのは、その一番ではない。だが、雷電が初めて負けた相撲を、おのが目でみたようにおもいこんでいた。

「家斉公のご出座なされた結びのまえの一番じゃ。誰もが雷電の勝ちを信じて疑わなかった」

ところが、雷電は立ちあいからのど輪を決められ、真一文字に土俵際まで押しこまれるや、なす術もなく押しだされた。大相撲で初黒星を喫した取組でもあり、ことばにできぬほど口惜しかったにちがいない。

「雷電はな、昇龍のごとき陣幕と秋葉山のすがたを重ねておった。ああした力士が土俵に戻ってくれば、大相撲は大いに盛りあがる。そう言ってくれたのさ」

上覧相撲で負けた屈辱をばねにして、雷電は相撲史上でもっとも有名な人気力士となり、今も老体に鞭打って後進の育成に励んでいる。

秋葉山の復活は、心から待ちのぞんでいることだった。
だが、一度傷ついた信用を取りもどすことは容易ではない。
一番強い相手に挑み、みずからの力で勝たねばならなかった。
稲妻との一戦は、おそらく、秋葉山が命をかけた取組になるだろう。
土俵下に集った人々はひとり残らず、そのことをわかっている。
興奮が絶頂に近づくなか、ふたりは東西で四股を踏みはじめた。
――どしん、どしん。
又兵衛は下腹を揺さぶられた。
まるで、大地震に襲われたかのようだった。
「双方、前へ」
行司の合図で、稲妻と秋葉山は土俵中央へ近づいてくる。
対峙するふたりの形相は、鬼にしかみえない。
行司が両足を踏んばり、軍配をさげる。
しんと、土俵下は静まりかえった。
心ノ臓の鼓動しか聞こえてこない。
喉は渇ききっている。

「八卦よい」

行司が軍配を返した。

「のこった」

両者は立ちあがった。

――ぱしっ。

秋葉山は頰に張り手を喰らう。

首が真横に向き、鼻血が飛んだ。

それでも、秋葉山は突いてでる。

稲妻は巧みに躱し、右の上手を摑んだ。

「ぬおっ」

息をもつかせぬ上手投げに、秋葉山の巨体が揺らぐ。

何とか踏みとどまり、上手を切って前に出た。

低い姿勢に対応できず、稲妻のからだが伸びきる。

ぬっと、秋葉山の右手が伸びた。

――がつっ。

掌が喉を摑む。

のど輪だ。

「ぬうっ」

秋葉山は全身の力を掌に込める。

そして、真一文字に土俵際まで押しこむや、そのまま大関を押しだした。

「わあああ」

嵐のような歓呼が湧きおこった。

のど輪は、雷電に勝った陣幕の決まり手にほかならない。

「秋葉山」

行司の軍配が西を指す。

「うおおお」

秋葉山は両手を広げ、雄叫びをあげた。

もはや、誰ひとり、いかさま力士と呼ぶ者はおるまい。

おふうと太郎吉は泣きながら、抱きあって喜んでいた。

してやったりという顔で、雷電はにんまり微笑んでいる。

又兵衛は幼い頃の自分に戻っていた。父に連れられて大相撲を初めて観戦したときの興奮がまざまざと甦り、涙が止まらなくなってしまう。

「あやつを助けた甲斐があったじゃろう」

初めから何もかも見透かしていたのであろうか。

得意げな主税のことばに、又兵衛は力強くうなずいた。

鹿殺し

一

水涸れの水無月、茹だるような暑さがつづくなか、人々は夕暮れになると涼を求めて大川端へ集まってくる。

――どん、どどん。

両国橋の上空には、大輪の華が咲いていた。

団扇片手に橋のうえから見物するのもよいが、船に揺られながら見上げる花火は一段と豪華で、贅沢な気分を味わうことができる。

又兵衛たちは柳橋の船宿で屋根船を仕立て、対岸までのんびりと揺られていった。

川面には大小の船がひしめきあい、船頭は巧みな操舵で縫うように漕ぎすすむ。

近づいてくるのは、酒の肴を売るうろうろ舟であろうか。

船上では賑やかな宴を催す者たちもおり、芸者たちの爪弾く三味線の音色なども聞こえてきた。

「わあ、きれい。花火や、花火や」

船首ではしゃいでいるのは、一心斎が連れてきたおたみである。

江戸の夏は初めてなので、夜空を彩る花火がめずらしいのだろう。

十七の娘は興奮から冷めやらず、静香や亀といっしょに「玉屋ぁ、鍵屋ぁ」と叫んでいる。

一方、釣りのはなしに興じる主税の相手は、長元坊がしてくれていた。

一心斎は酒を呑みすぎたのか、うたた寝をしている。

又兵衛はみなの様子を満足げに眺め、冷や酒をちびちび飲りながら夜空を見上げた。

船頭がふたりつく屋根船を借りれば、大川を往復するだけで金一分はかかる。二百石取りの例繰方与力にとっては手痛い出費だが、たまにはみなで和気藹々と宴を張るのも悪くない。

橋の長さは九十六間ゆえ、それがおおよその川幅になる。

屋根船はふらふらと行ったり来たりを繰りかえし、やがて、東広小路に近い対岸へ到達した。

「ありゃ何じゃ」

太い橋桁の南寄り、垢離場の甃が敷かれた上段の辺りであろうか。

いつの間に目を醒ましたのか、夜空を見上げる連中のなかで一心斎だけが陸を睨みつけている。

指を差したさきには、黒い頭陀袋のようなものが転がっていた。

又兵衛も首をかしげる。

「何でしょうな、あれは」

「わからぬ。ちと遠すぎるな。おい船頭、船を近づけてみよ」

「へい」

船首を桟橋に寄せると、頭陀袋の正体がわかってきた。

「もしや、屍骸では」

「かもしれぬ」

「ひぇっ」

おなごたちは身を固めた。

陸にいる連中も何人かは気づいたようで、一斉に土手を駆けおりてくる。

屋根船が桟橋に繋がれた。
――ひゅるる。
陸に降りた途端、新たに花火が打ちあげられる。
――どん、どどん。
下腹を突きあげられるような揺れとともに、垢離場の一帯が赤く照らしだされた。
まちがいない、横たわっているのは人の屍骸であった。
横風に流され、花火の燃え滓が無数に舞いおちてくる。
又兵衛は裾を端折り、足早に近づいていった。
橋廻りの同心も駆けてきて、野次馬たちを怒鳴りつける。
「寄るな、あっちへ行け」
まともに指図を聞く者はいない。
物見高いのが江戸っ子の性分なのだ。
又兵衛は人垣を掻き分け、最前列に躍りでた。
「莫迦たれ、近づくなと言ったろうが」
橋廻りは振りむきざま、照れたように月代を掻いた。

又兵衛が南町奉行所の与力であることに気づいたのだ。

「こりゃどうも、ご苦労さまにございます」

「転がっているのは、屍骸のようだな」

「それが何とも、凄まじい殺られ方で」

仰向けに寝かされた屍骸の喉には、枯れ枝のようなものが刺さっていた。

「うえっ」

あまりの異様さに、誰もが息を呑む。なかには嘔吐する者まであった。

屍骸は高価な着物を纏った商人のようだが、どうしても酷い殺され方のほうに目がいってしまう。

「喉に刺さっているのは何なんだ」

野次馬たちも異口同音に疑念を口にした。

途中で二股に分かれた枯れ枝にしかみえない。

「あれは鹿の角や」

おたみが後ろで叫んだ。

「鹿の角だと」

驚いたのは、橋廻りの同心である。

又兵衛はうなずいた。

「たしかに、そのようだな」

長さで二尺余りはあろうか。

おたみの言うとおり、牡鹿の角にまちがいない。

「立派な角やな」

大和国で生まれただけあって、おたみは鹿の生態にも詳しいようだ。

「あれは春先に落ちた角や。それにしても、罰当たりなはなしやで。鹿は神さまの使わしめやさかい、こないなことをするやつには天罰が下るに決まっとるわ」

主税は何をおもったか、ひょこひょこ屍骸に近づいていく。

そして、植木でも引っこ抜くように、鹿の角を喉から抜いてみせた。

「おお、すげえ」

野次馬たちは瞠目した。

「あの爺、角を引っこ抜いたぞ」

又兵衛は慌てて身を寄せた。

「義父上、何をしておられる。屍骸を触ってはなりませぬぞ」

橋廻りの代わりにたしなめると、主税は鹿の角を右手で高々と掲げる。

「徳川四天王のひとり、本多忠勝を討ちとったり」

戦場錆の利いた声で、高らかに言ってのけた。

本多忠勝のかぶった鹿角脇立兜を知らぬ者はいないが、誰かに討ちとられたという史実はない。

橋廻りにとっては迷惑なはなしだが、野次馬たちはおもしろがった。

「おいおい、とんでもねえ侍大将のご登場だぜ。爺さん、あんた誰なんだい」

「控えよ、頭が高い。わしは真田信繁じゃ」

「おっと、六文銭の小倅かい。ってことは、大坂の陣だな。爺さん、鹿角兜の本多さまはすでにお亡くなりだぜ。あんたが闘った相手は幽霊さ」

「下郎め、黙りおろう」

主税は鹿角を頭上で振りまわす。

本多忠勝が愛用した名槍、蜻蛉切のつもりであろうか。

ぼきっと、角がふたつに折れた。

「あっ」

主税は息を吞む。

すかさず、おたみが冷静な口調で言った。

「育った角は邪魔やから落ちる。落ちる角は存外に脆いのや」

「ふうん、そうしたものか」

橋廻りも野次馬たちも、しきりに感心している。

一方、主税はといえばどうやら正気に戻ったらしく、自分が誰であったのかも忘れていた。

おそらく、二度と真田信繁が憑依することはあるまい。

どうして憑依したのかも、謎のままだろう。

「ほかに金瘡はござりませぬな」

と言い、橋廻りは考えこむ。

たしかに、摩訶不思議な出来事であった。

何故、凶器が鹿の角でなければならぬのか。それがわからぬ。

このまま調べずに放っておくのかと、耳許で厄介な虫が囁く。

又兵衛は虫の囁きに抗うかのように、首を小さく横に振った。

二

翌夕、小腹が空いたので流しの屋台で盛り蕎麦を啜ったあと、薬研堀不動のほうへ向かった。

表通りに面した一角に『南都屋』という新興の薬種問屋がある。

鹿の角で刺されて死んだ商人の店にほかならない。

表戸は固く閉じられ、忌中の紙が貼られている。

着流し姿の又兵衛は大股で歩みより、表戸を軽く敲いた。

しばらく待っていると、脇の潜り戸から奉公人らしき者が顔を出す。

「何かご用で」

「焼香をさせてもらえぬか」

「申し訳ありませぬが、今宵はご遠慮願っております」

「通夜ではないのか」

「ご公儀から当分は通夜も葬儀も控えるように命じられました」

不審な死の真相があきらかにならぬかぎり、人が集まる通夜や葬儀は控えねばならぬとでも言われたのだろうか。世間の噂を気にする上の連中が考えそうなことだ。

「ならば、ちとはなしを聞かせてくれ」

奉公人は値踏みするような目でみつめてくる。

「もしや、お役人さまであられましょうか」

「南町奉行所与力の平手又兵衛だ」

「平手さま、少しお待ちを」

若い奉公人は引っこみ、すぐにまた顔を出す。

「どうぞ」

導かれて脇戸を潜ると、抹香臭さが漂ってきた。

上がり端には、面長の人物が正座している。

年の頃なら、五十前後であろうか。

又兵衛をみるなり、床に両手をついた。

「番頭の鉢助にござります。お尋ねはどのようなことで」

やんわりとした口調だが、ことばの端々には草履を脱がせぬという強い意思が込められている。

又兵衛は溜息を吐いた。

「そこに座ってもよいか」

「どうぞ」

刃引刀を鞘ごと抜き、上がり端に腰をおろす。

帳場格子の後ろには薬種問屋らしく、名札の貼られた小さな抽斗がいくつも並ぶ薬箪笥が見受けられた。

又兵衛は真顔になる。

「単刀直入に聞こう。凶器となった鹿の角に心当たりは」

「まったく、ございません」

「ならば、殺めた相手に心当たりは」

「そちらもまったく」

「心当たりはなしか」

「へえ」

「店はどうする。主人があのように不吉な死に方をしたら、客は気味悪がって取引を躊躇うであろう」

「さりとて、勝手に店をたたむわけにもまいりませぬ」

毅然と言ってのける鉢助にたいし、又兵衛は小首をかしげた。

「どうして」

「手前どもが大奥の御用達だからにございます」

「ほう、大奥の。それは知らなんだな」

「ご公儀から闕所の沙汰が下されれば、すみやかにしたがいます。お許しいただけるとあらば、これまで以上に粉骨砕身、商売に励む以外に道はございませぬ」

ずいぶんしっかりした番頭である。唇が薄いせいか、最初は酷薄な印象を受けたが、発せられることばには熱いものが感じられた。

「おぬしが店を継ぐのか」

「いいえ、若旦那が継がれます」

「なるほど、若旦那はいくつだ」

「十六にございます」

「若いな。おぬしが支えるのか」

「へえ」

「内儀もさぞや、頼りにしておろうな」

「内儀はおりませぬ」

「亡くなったのか」

「いいえ、主人の勘右衛門は独り者にございました。若旦那さまは、ご養子であられます」

入りくんだはなしのようなので、突っこむのは止めた。

又兵衛は漫然と薬簞笥を眺め、端の抽斗に目を留める。

「あの名札、何と読む」

「えっ、どれにござりましょう」

「鹿角に膠と書いてあろう。あの薬だ」

「鹿角膠にござります」

なるほど、鹿の角は薬でもあった。

「効能を教えてくれ」

「止血のお薬にござります」

「どうやって作る」

「鹿角を煮詰め、膠にいたします」

何故そんなことを聞くのかと、鉢助は仏頂面で応じる。

「ふうん、ならばそっちはどうだ」

隣に並ぶ名札に目をやった。

「鹿に茸と書いてあろう」

「鹿茸にござります」

「効能は」

「冷え性に効きます」

「それだけか」

「腎張りの効能もございます」

「ほう、猛り丸といっしょではないか」

「猛り丸」

「薬屋のくせに知らぬのか。ほれ、膃肭臍のいちもつを干して粉末にした代物よ」

「海狗腎にございますな」

「おう、それそれ。高価すぎて、貧乏役人には手の届かぬ薬だ」

鉢助は、ふっと嘲笑う。

「鹿茸は海狗腎どころか、高麗人参や冬虫夏草などと並ぶ高貴な薬にございます」

「値はいかほどになる」

「小指のさきほどの丸薬で、一両はいたします」

「小指のさきで一両か、まいったな。鹿の角なんぞ、春先に奈良の春日社の境内へ行けばいくらでも落ちていよう」

「落ちた鹿角は薬効が弱く、膠にしてもせいぜい血止め薬にしかなりませぬ」

「鹿茸はちがうのか」

「はい。鹿茸は袋角から作ります」

「袋角とは」

「生えかわったばかりの柔らかい角にございます」

「されば、袋角を入手するには、鹿を殺さねばならぬということだな。鹿は神の使わしめゆえ、殺生が禁じられておるのではないのか」

「われわれは生薬をお売りするだけ。鹿をどのように捕獲するのかは、与りしらぬはなしにございます」

鉢助は顔色も変えず、淡々と言ってのける。

堂々と店頭で売っているということは、年に何頭かは制限付きで殺生を許されているのだろう。

鹿角の薬にこだわってみせたものの、たいして深い意味はなかった。

番頭が只者ではないように感じ、はなしをつづけたくなっただけだ。

鉢助は音をあげた。

「平手さま、このあたりでよろしゅうございますか」

「早く帰ってほしいようだな」

返事はない。鉢助は俯き、じっと黙りこむ。

「よし、今宵はこのくらいにしておこう。調べて何かわかったら、また足労するやもしれぬ。そのときは、よしなにな」

「あの、平手さまは吟味方のお役人さまであられましょうか」

「内勤の例繰方だが、何か不満でも」

「不満などあろうはずもございませぬ。ただ、吟味方のお役人さまもおみえになったものですから。どうして例繰方与力の平手さまが、手前どもの主人殺しをお調べになっておられるのでしょう」

「花火見物に行ったさきで、偶さかご遺体を目にしたのだ。これでも十手持ちの端くれゆえ、放っておけば寝覚めも悪かろうとおもうてな」

「寝覚めが悪い。それだけの理由にございますか」

「それだけではまずいのか。例繰方与力が調べてはならぬという道理もあるまい。それとも、調べられたくない事情でもあるのか」

ここで鉢助が立ちあがり、内証から小金でも携えてくれれば、やましい事情があると踏んでもよかろう。

誘ったつもりだったが、しっかり者の番頭は平伏すだけで立ちあがらない。

「さればな」

又兵衛は執拗に質さず、潜り戸から外へ逃れた。

三

「なっと、なっとうーぃ」

粘りのある納豆売りの声を聞きながら八丁堀の屋敷を出て、できるだけ涼を得ようと三十間堀に沿って三原橋まで歩いた。

今日も朝からくそ暑い。

「油照りとはこのことだな」

数寄屋橋を渡って御門を抜ければ、黒い渋塗りに白漆喰の海鼠塀がみえてきた。

南町奉行所の正門である。

小砂利の敷きつめられた門前に立ち、又兵衛は深々と一礼した。

与力見習いとして通いはじめてから十六年、この習慣だけは一度たりとも欠かしたことがない。

――おのれは公儀の禄を食んでいる。誰かに生かされていることを感謝し、常のように謙虚であらねばならぬ。

父の遺した教訓を胸に刻み、厳めしい門を潜れば、六尺幅に敷きつめられた青い伊豆石がまっすぐに玄関まで延びていた。

厳粛な気持ちで最初の一歩を踏みだし、塵ひとつ落ちていない青板のうえを進む。朝陽に煌めく奉行所の甍を仰ぎ、壮麗な檜造りの玄関にいたり、式台から階段を三段あがって雪駄を脱ぎ、磨きこまれた板の間を踏みしめる。

判で押したような一連の動作はからだに染みこまれており、雪駄を揃える位置もふくめて、何もかも自分で定めたとおりにできねば一日ははじまらない。

おそらく、誰ひとり気にも留めぬ習慣であろう。せいぜい、変わったやつだとおもわれる程度のはなしだろうが、他人にどうおもわれようと、自分のやり方を変えるつもりはない。そうした頑なさが「融通の利かぬはぐれ者」と揶揄される所以なのかもしれなかった。

左手の御用部屋にはいると、すでに同心たちは小机で書き物をはじめている。

「よう平手、あいかわらず、誰よりも遅い出仕だな」

身を寄せてきたのは、部屋頭の中村角馬である。

「気味が悪いほどきっちりしておるのに、出仕だけは大名並みに遅い。おぬしを、はぐれ大名と呼ぶ者もおるようだぞ」

小心者の平目与力は性懲りも無く、適当な嘘を吐いている。

「ま、さようなことはどうでもよいが、今朝方、とある薬種問屋から家に妙なものが届けられてな。これよ」

差しだされた小箱には、赤紫色の丸薬が十粒ほど入れてあった。

「腎張り(じんば)の妙薬らしいが、鹿の角から作ったと聞いて、危うく吐きそうになったわ。何しろほれ、一昨日(おととい)の晩に大川端で殺しがあったであろう。鹿の角を喉に刺されて死んだ男のはなしよ。それを聞いておったゆえ、鹿角(しかづの)の妙薬を届けられても、ありがたく受けとるわけにはいかぬ。かといって、捨てるのも忍びない。おぬし、貰(もら)ってくれぬか」

「よろしいのですか。一粒一両の丸薬にござりますよ」

「えっ、まことか」

顎(あご)が外れるほど驚いた中村を、又兵衛はからかいたい気分になった。

「それが鹿茸(ろくじょう)ならば、まことにござります。それこそ、大名家の殿さまでもなければ、口にすることはできますまい。ちなみに、何処(どこ)の薬種問屋から使いが寄こされたのですか」

「薬研堀の南都屋と申しておったな」

「ほう、それはまた」

「心当たりでもあるのか」

「鹿の角で喉を刺された商人の店でござる」

「げぼっ」

「不吉ゆえ、やはり、妙薬は手放したほうがよいかもしれませぬな」

「ちと待て」

中村はしばし考えたあげく、小箱を懐中に隠した。

それにしても、何故、南都屋の番頭は上役である中村のもとへ高価な薬を届けさせたのだろうか。

もちろん、昨晩訪ねたことと関わりがないはずはない。

余計なことに首を突っこむなという脅しにも受りとれる。

いずれにしろ、落ちつかぬ気分のまま夕刻まで過ごすしかなかった。

役目を終えて誰よりも早く部屋を飛びだし、御門から出ていつもどおりに一礼する。

踵を返して歩きはじめると、通りを挟んだ向こうから弾んだ声が聞こえてきた。

「鷭の旦那、お役目ご苦労さまでござんす」

獅子っ鼻を膨らませて手を振るのは、小者の甚太郎である。

そそっかしくて気が短く、情に脆くて喧嘩っ早い。玉川上水の産湯に浸かった男の子なら見栄を張らずに済ますものかと、敢えて厄介事に首を突っこまずにはいられない。お調子者を絵に描いたような甚太郎に、又兵衛はどういうわけか慕われている。

「旦那のお好きな味噌蒟蒻、こさえてござんすよ」

五軒ほど並んだ仮小屋は、訴人の待合にも使われる水茶屋だ。

甚太郎の後ろには「名物みそこんにゃく」と白抜きされた萌葱色の幟がはためいていた。

ちょうど小腹の空く頃合いでもあり、又兵衛はふらりと足を向ける。

縞木綿に小倉の角帯を締めた甚太郎のかたわらには、女房になりたてのおちよが真っ赤なほっぺたで佇んでいた。

手にした皿からは、食欲をそそる湯気が舞いあがっている。

「冷たくした麦湯もござんすよ。さあ、どうぞどうぞ」

赤い毛氈の敷かれた長床几に導かれ、皿から味噌蒟蒻の串を一本摘まむ。

熱いのを我慢して口に入れ、舌で味噌を転がしながら蒟蒻を味わうのだ。

「いかがです」

「夏でも美味いな」

「へへ、その台詞を聞きたかったんでござんすよ」

甚太郎は自慢げに胸を張った。

「おちよ、旦那をみてどうおもう。強くはみえねえだろう。与力は与力でも、このお方は柄のない柄杓、つまりは取り柄のない穀潰しってやつでな、ついた綽名ははぐれ又兵衛よ。ところがどっこい、この旦那は裏にまわれば、吃驚するほど強えのさ。露地裏で悪さをしてた破落戸どもをな、ばったばったと膾斬りにしてみせたんだぜ」

「おいおい、はなしに尾鰭をつけるな」

「へい、合点で」

と、応じつつも、甚太郎は辻講釈並みに立て板に水のごとく喋りつづける。

「破落戸どもは五、六人いて、小娘を手込めにしようとしていやがった。一斉に匕首を抜いて脅しつけても、はぐれ又兵衛は平気の平左。そいつらを束にまとめてのしちまった。刀も抜かず、あっという間の出来事さ。おれはそんとき、偶さかみちまったのよ。旦那の月代が怒りで赤く染まるのをな。まるで、水鳥の鷭みてえじゃねえか。すげえ、おったまげた、鷭の旦那と、おれは咄嗟に叫んでいた。

はぐれ又兵衛は振りむきもせず、背中をみせて去っていった。どうでえ、これほど粋な与力もいめえ。でもよ、このはなしをしても、誰ひとり信じねえ。なあ、おちよ、おめえにだけはわかっててほしいんだ。昼行灯の平手又兵衛は、誰よりも強えってことをな」

百万遍は聞いたのだろうが、おちよは初めて聞いたような顔で微笑む。

お似合いのふたりだなと、又兵衛はおもった。

「ところで、世の中にゃ奇妙な出来事があるもんで。鹿の角で殺められた男のはなし、旦那はご存じですかい」

「知らぬはずはない。この目で亡骸をみたからな」

「驚いたな。さすが旦那、厄介事の隣にはぐれ又兵衛ありってね。それで、旦那の見立てはどうなんです」

「どうもこうもない。見立てをするつもりもなしだ」

「またまた、旦那の好きそうなはなしじゃござんせんか。何せ、凶器は鹿の角。一生に一度あるかねえかの殺しでやんすよ」

「あいかわらず、わきまえのないやつだな。殺められた本人の身にもなってみろ」

「鹿の角で刺されただなんて、正直、笑っちまいやすぜ。あっしの見立てじゃ、殺った野郎にゃ相当な恨みがあったにちげえねえ。刺された商人の身辺を洗えば、きっと何か出てきやすよ」

「商人だと知っておるのか」

「刺された間抜けは、南都屋勘右衛門でやしょう。春日社じゃ南都屋に便乗して、鹿角を削ってこさえた守り刀を売りだしたとか。平常は諫鼓鶏が鳴く社ですけどね、守り刀を厄除けに買う客がどっと押しよせているらしいですよ」

「ちょっと待て、春日社は奈良にあろう」

「別当の神宮寺が三田にもござんす」

なるほど、そうであった。

うっかり者の甚太郎にしては、はっとするようなことを言う。

「鹿といえば春日社、宮司なら何かご存じかもしれやせんよ」

駄目元で訪ねてみるのも悪くない。

蒟蒻をつるんと呑みこみ、又兵衛は立ちあがった。

「そういえば旦那、おちよに子ができやした」

「えっ」

唐突に告げられ、又兵衛は呆気にとられた。

「……め、めでたい。おちよ、ようやったな」

褒めてやると、おちよは顔を赤くし、俯いてしまう。

明日にでも祝儀を包まねばなるまい。

又兵衛は蒟蒻の礼を言い、足早に歩きはじめた。

四

春日社の別当寺は増上寺の南の三田一丁目にある。

鳥居のまえに着いた頃には日没も過ぎ、辺りは薄暗くなりはじめていた。

参道に賑わいはない。守り刀を求めて参拝客が殺到している気配はなく、甚太郎が適当な嘘を吐いたのではないかと疑った。ともあれ、札所を訪ねてみると、骨皮筋右衛門と呼んでもよさそうな痩身の宮司が白装束であらわれた。

「南町奉行所与力の平手又兵衛でござる」

「はあ」

気のない返事だ。

土産物の売り場に目をやれば、守り刀はたしかに置いてある。

ひとつ拾って眺めると、宮司はよこしまな眼差しを向けた。

「一本一朱にござりますが、昨日から飛ぶように売れるので困っております」

「ほほう、噂はまことであったか。されど、ありがたいはなしではないか。困ることはなかろう」

「陰惨な商人殺しに便乗したと、嫌味を申す者もひとりやふたりではござりませぬ。なるほど、鹿の角を削って作った守り刀ではござりますが、以前から売っていた土産物なのですよ」

「守り刀にするほど角がたくさんあるということだな」

「春日社の別当寺ゆえ、鹿がおらねばなりたちませぬ」

「何処に鹿がおるのだ」

「裏に柵を作り、餌付けをしております」

「角は春先に落ちたものを使うのか」

「はい。わたくしがみずから角を削ります。守り刀も削れぬようでは、宮司はつとまりませぬゆえ」

「ふうん、そうしたものか」

無駄口を叩いたとでもおもったのか、宮司は恐い目で睨みつける。

「ところで、ご用は何でしょう」

「もちろん、殺められた商人のことだ。何か、おもいあたる節は」

「南都屋さんが氏子だったという以外に、おもいあたる節はございませぬな」

「南都屋は氏子であったか」

　関わりとしては小さくない。

「古い氏子なのか」

「奈良ではそうであったと伺いました。それゆえ、江戸へ来られて日が浅くとも、氏子としてみとめさせていただきました」

「日が浅いのか」

「薬研堀に店を構えて、まだ二年にございます」

「信じられぬ。たった二年で大奥の御用達になるとはな」

「詳しくは存じあげませぬが、京の所司代さまや奈良の御奉行さまのお口添えを頂戴したとかで。どうやら奈良でひと山当てたらしく、江戸に来られてからもたいそうな羽振りとお見受けいたしました」

　吉原の大見世を貸し切りにするほどの羽振りだったらしい。もしかしたら、宮司も宴席に招かれたのだろうか。そうであったとすれば、罰当たりなはなしだ。

「凶事がつづかぬように祈るばかりにございます。何しろ、奈良興福寺南円堂の出開帳を控えておりますからな」

「興福寺の出開帳があるのか」

春日社の別当である興福寺の出開帳ともなれば、幕府の重臣たちも挙って見物に来よう。

「今から十日後、千代田の御城でお披露目におよんだのち、ここ神宮寺にてとりおこないます。江戸のみなさまにありがたい秘仏を拝んでいただくよい機会になりましょう。されど、御開帳の直前は何かと凶事が勃こります」

五年前に奈良の春日社で勃こった最悪の出来事は、神の使わしめである鹿が大量に殺されたことであった。

「殺められたのは、すべて牡鹿にござりました。あきらかに、角が目当てであったと、奈良奉行所のお役人も仰いました」

当時、宮司は奈良の春日社につとめており、凄惨な殺戮の場にも立ちあったという。

「下手人は『鹿殺し』の異名で呼ばれておりましたが、とどのつまり、正体はわからず仕舞いで。御奉行さまは責を取ってお辞めになり、新たに西浦頼近さまが御奉行さまであられたあいだは、鹿殺しも鳴りを潜めておりました」

ところが、三年経って西浦頼近が奈良奉行からめでたく作事奉行に昇進し、奈良を離れた途端、ふたたび、凶事が勃こったらしかった。

「二度目の鹿殺しにございます」

今から二年前、奈良で大量の鹿殺しがあった。宮司は江戸へ下った直後だったのでみていないが、凄惨な情況であったことは容易に想像できるという。

「江戸の方々にすれば、対岸の火事にございましょう。されど、奈良の人々にとって、鹿は奉るべきたいせつな生き物にございます。鹿角を削って守り刀を作ることは、わたしなりの供養と考えております。できることなら、参拝いただくみなさまに只でお譲りしたい。されど、そうできぬ事情もございます。拝殿の普請ひとつ取っても、かなりの費用が掛かりますゆえな。ともあれ、何も勃こらぬことを祈るばかりにございます」

出開帳には南円堂御本尊の不空羂索観音を守る四天王像も運ばれるという。

それらがどれほどのお宝なのか、又兵衛には見当もつかない。

凶事が勃こらぬことを願うばかりだが、不穏な連中が闇で蠢く気配も感じている。

宮司とのやりとりで、南都屋殺しを放っておけば災いは避けられぬというおもいが強まった。

礼を述べて参道を戻る頃には、石灯籠に灯が点されている。

——きゅう、きゅう。

耳に聞こえてくる悲しげな声は、鹿の鳴き声であろうか。

凶事を予期しているかのようで、胸苦しさをおぼえた。

鳥居を潜って左手に折れ、足早に歩きだす。

風はそよとも吹かず、あいかわらず蒸し暑い。

やがて、新堀川に架かる赤羽橋がみえてきた。

橋向こうの鬱蒼とした杜は、増上寺であろう。

勝手原から飯倉へ抜ける道筋だが、橋の途中で歩みを止める。

鳥居を出てからずっと、何者かに尾けられているような気がしていた。

橋の手前でそれは確信に変わり、相手の正体を見極めようとおもったのだ。

薄闇の向こうから近づいてきたのは、着流しの若い侍だった。

月代をきっちり剃っており、無精髭も生えていない。

何処かの藩に籍を持つ勤番侍であろうか。

欄干に背を預けていると、こちらに顔を向けずに通りすぎようとする。

「おい」

背中に声を投げかけた。

振りむいた若侍は、頰を強張らせる。

まちがいなく、尾けていたのだろう。

「おぬしは何者だ」

「えっ」

「わかっておる。わしを尾けてきたのであろう」

若侍はあきらめたのか、あっさり素姓を告げた。

「先手組同心、腰塚源九郎と申します」

「火盗改か」

「はい」

「弓組と筒組、どっちだ」

「弓組二番にござります」

「目白鮫……いや、鮫島広之進さまの配下ではないか」

「いかにも。鮫島さまから春日社を見張るよう命じられておりました」

「そこへ怪しい不浄役人が訪ねてきたゆえ、尾けてみたというわけだな」

「はい」

又兵衛は欄干から離れ、すっと襟を正した。

「わしは平手又兵衛、南町奉行所の例繰方与力だ」

「例繰方にござりますか」

「小物すぎて、がっかりしたか」

「いいえ、さようなことは」

「おもったことは正直に申せばよい。鮫島さまには懇意にしていただいておる。その辺りで一献どうだ」

「それがし、下戸にござります」

「飯をたらふく食えばよい」

飯という響きに、腰塚は眸子を輝かせる。

「そういえば、飯倉町四丁目に評判の鰻屋があったな」

又兵衛は微笑んだ。

「野田岩にござりますか」

「おう、そうだ。食うたことはあるか」

「ござりませぬ」

「ならば、ちょうどよい。野田岩の鰻飯を馳走いたそう」

「まことですか」

腰塚は声をひっくり返らせ、すぐにおもいなおす。

「ご厚情には感謝いたしますが、初対面の方に飯を馳走していただくわけにはまいりませぬ」

「固いことを申すな。鮫島さまには、あとでわしからよう言うておく。嫌がるところを無理に誘ったとな。さあ、まいろう」

又兵衛が袖をひるがえすと、腰塚は弾むような足取りで従いてきた。

五

鰻屋があるのは西久保四つ辻の手前で、まっすぐ進んで右手へ折れれば愛宕権現へ行きつく。榎坂、雁木坂、狸穴坂、鼠坂など、周辺には勾配のきつい坂が多いことでも知られ、辻強盗や辻斬りなども出没するので、ひとりの夜歩きは避けねばならなかった。

もちろん、火盗改の同心が隣におれば、何ひとつ案じることはなかろう。

目白に組屋敷を構える弓組二番は、三十五を数える先手組のなかでも最精鋭と目されており、組を率いる鮫島広之進は「目白鮫」の呼称で悪党どもに恐れられている。

又兵衛はその目白鮫と凶賊を捕縛する出役で知りあって以来、隠れた才と力量をみとめてもらうまでの親密な仲になり、町奉行所を辞めて先手組に来ないかと秘かに誘われてもいた。

若い腰塚は何も知らされておらず、又兵衛を信じきってはいないようだが、鰻飯にありつける機会だけは逃すまいと眸子を血走らせている。

「串打ち三年、裂き八年、焼き一生。一人前になるためには、それだけの修業を積まねばならぬ。火盗改の同心も鰻職人と同じ、手を抜けばすぐに見透かされ、人心は離れていく」

などと、柄にもない説教をしている自分が可笑しい。

又兵衛は途中で気づき、ふいに口を噤んだ。

そこへ、鰻飯と白焼きが運ばれてくる。

又兵衛は白焼きで冷や酒を呑み、腰塚は丼の蓋を取ってさっそく鰻と飯をかっこみはじめた。

「……くう」

「どうした」

「美味すぎて、泣けてきました。煮詰めの甘味がふっくらした鰻に馴染んでいて、何とも言えませぬ」

「ならばよかった。ところで、何故、春日社を見張っておったのだ」

さりげなく聞いたつもりだが、警戒の眸子で睨まれた。

「お役目については、おはなしできませぬ」

「ふむ、そうであろうな」

火盗改の同心ならば、密命を容易く口にするわけにはいかぬであろう。

だが、又兵衛はあきらめない。鰻を奢った見返りは貰うつもりでいる。

「鮫島さまが追うとすれば、凶賊でもかなりの大物であろうな。ひょっとして、鹿殺しと呼ばれる凶賊を追っているのではないのか」

腰塚はぎょっとして、箸を動かす手を止める。

どうやら、的に矢が当たったらしい。

又兵衛は白焼きの半分を丼に移してやった。

「じつはな、わしも同じ相手を追いかけておる」

「まことにございますか」

「ああ、まことだ。一昨日の晩、大川端の垢離場で異様な屍骸がみつかったであろう」

「鹿の角で喉を刺された屍骸でございますな」

「そうだ。わしはその屍骸を検分した。主人の殺められた南都屋に足労し、怪しげな番頭とも喋った。鹿角から作る生薬の効能を聞きだし、鹿繋がりで春日社の別当寺へまいったのだ」

「なるほど、そうした経緯でしたか」

「鮫島さまに問われたら、今のはなしをすればよい」

「はっ、かしこまりました」

又兵衛は腰塚が食べ終わるのを待ち、惚けた口調で聞いた。

「それで、春日社を見張る理由は何であったかな」

腰塚はすっかり気を許したのか、ぺろっと応じてしまう。

「出開帳にござります」

「奈良興福寺の出開帳か」

「はい。鹿殺しはかならず秘仏を奪おうとするであろうと、鮫島さまが仰いました」

「秘仏とは、不空羂索観音を守る四天王像のことだな」

「いかにも」

「それにしても、何故、精鋭のおぬしらが動いておるのだ」

肝心な問いにたいしても、腰塚は気軽にこたえてくれる。

「名の知られた寺々から、御本尊がたてつづけに盗まれたのでございます。それらはみな鹿殺しの仕業にちがいないと、鮫島さまは仰いました」

町奉行所には、さような盗みのはなしは届いていない。寺社奉行の管轄内で勃こった出来事であり、表沙汰になれば寺社奉行も責を問われかねないため、隠密裡に動こうとしているのだろう。

腰塚は楊枝で歯をせせり、打ち解けた様子でつづけた。

「探索に不馴れな寺社奉行さまのご配下では手に余る。そこで、先手組の精鋭に手伝ってほしいと、泣きがはいったようです」

「ほう、そういうことであったか。鹿殺しは、名の知られたいくつかの寺から御本尊を盗んだわけだな」

「なかには、戻ってきた御本尊もございます。ただし、寺はそれなりの負担を強いられました」

「ふうん」

適当に相槌を打ちながら、又兵衛はめまぐるしく頭を回転させる。

要するに、鹿殺しは御本尊を人質に取り、寺に身代金を要求したのだ。

「半端な額ではなかろう」

「御本尊を取りもどすためなら、檀家から集めた貯えをことごとく放出せねばならぬほど、寺は追いつめられたと聞きました」

「罰当たりなはなしだな」

「まったくでござります」

鹿を大量に殺すことができる凶賊だけに、天罰など屁ともおもわぬのだろう。

又兵衛は首をかしげた。

「されど、高さ一丈を超える巨大な像を除けば、御本尊はたいてい秘所に隠してある。衆生が拝むのは前立だ。それほど容易く御本尊が盗まれるとはおもえぬ」

「謎はそこにあると、鮫島さまも仰いました」

内通者がいたのであろうか。いずれにしろ、寺の内情や建物の構造をよく知る者の助けが得られなければ、御本尊にたどりつくことすらできまい。

又兵衛はたたみかけた。

「南都屋との関わりは、どこまで調べがすすんでおるのだ」

「そちらまで手がまわっておりませぬ。南都屋については、別件で他の組が追っておりました」

「別件とな」

「抜け荷にござります」

「ほほう、抜け荷か」

「確たる証しはござりませぬが、訴人があったやに聞いております」

先手組の手懐けた差口奉公人から密告があったらしい。

「訴人は何と」

「南都屋は唐船との抜け荷で身代を肥らせ、幕府のお歴々に賄賂をばらまいて、大奥の御用達にのしあがった」

厳罰に処すべき悪党なりと訴えた数日後、差口奉公人は辻斬りに斬られて死んだという。

「怪しいな」

辻斬りの仕業ではなく、報復だった公算は大きい。

ともあれ、差口奉公人の訴えを信じれば、抜け荷の疑いがある阿漕な薬種問屋は喉に鹿の角を刺されて死んだ。そこで、鹿殺しと南都屋の接点が浮かんだものの、目白鮫の配下は南都屋のほうまでは調べられずにいる。鹿殺しが出没しそうな場所を何ヶ所か定め、根気よく見張りつづけるしか、今のところは手がないのだ。

腰塚は我に返った。

「ちと、喋りすぎたかもしれませぬ」

「気にいたすな。わしの名を出せば、鮫島さまもさっとお許しになろう」

「はあ」

腰塚は安堵の溜息を吐いた。何とも憎めぬ大食漢である。

つぎは長元坊のところで美味い飯でも食わせてやろうと、又兵衛はおもった。

六

翌夕、五二屋の大戸屋七右衛門が屋敷を訪ねてきた。

五と二を足せば七になる。五二屋とは質屋のことだ。

七右衛門は京橋弓町に小さな店を構え、公儀に隠れて故買品などもあつかっており、阿漕な連中が蠢く裏の事情にも通じている。他人に心をひらかぬ男だが、又兵衛とだけは馬が合い、阿吽の呼吸で顔をみせては知りたいことを教えてくれた。

「旦那のことを、ちょいと小耳に挟んだもので……」

七右衛門は三和土の端に控えたまま、長い顎を突きだした。

遠慮して雪駄を脱ごうとせず、早口でひとしきり喋って帰る。

静香や亀もわかっているので、奥に引っこんだまま顔を出さない。

「……鹿角を喉に刺された薬種問屋を調べておいでだとか」

「誰に聞いた」

「ふふ、蛇の道はへび。ここ数日、仲間内で旦那の名がちょいちょい出やしてね。探ってみたら何と、南都屋に行きついた」

「駄洒落か、おぬしらしくもないな」

「ご勘弁を」

「耳寄りなはなしでもあるのか」

にやりと、七右衛門は口端を吊りあげる。

「隣の南紺屋町に喜代次っていう五二屋がおりましてね。ついせんだって、むさ苦しい浪人者が太子さまの立像を持ちこんだそうです」

「太子さまの立像とな」

浪人者は中ノ郷にある寶珠山如意輪寺のお宝だと告げ、刀を抜かんとするほどの勢いで五両で売りたいと言った。五二屋は眉に唾をつけたが、拒めば斬られるとおもい、二尺ほどの立像を五両で買ったという。

「あとで調べてみますと、三月ほどまえ、如意輪寺から宝物が大量に盗まれていたことがわかりました」

如意輪寺の牛島太子堂には、太子像が納められていた。聖徳太子自身が彫ったとされるお宝で、値をつけられぬほどの価値がある。その太子像も盗まれていたとわかり、五二屋は腰を抜かしたらしかった。

「喜代次は死ぬほど悩んだあげく、太子像をお返しするのが功徳とおもいなおし、如意輪寺に持ちこんだそうです。本物とわかるや、坊主たちは狂喜乱舞したとか」

「太子像を持ちこんだ浪人者の特徴は」

「旦那に聞かれるとおもって、喜代次に人相書を描かせました」

七右衛門は袖口をまさぐり、紙片を取りだす。

濃い墨で描かれた男は月代と無精髭を伸ばしており、年の頃は三十そこそこで、右頬に古い刀傷があった。

「太子像ほどのお宝ではございませんが、ここ半年ほど、寺から盗まれた仏像や刀剣などの献納品が闇に出まわっております。どうやら、目白鮫の旦那もそのあたりをお調べのようで」

「目白鮫が動いておると、よくぞわかったな」

「とっかかりは、今から一年前に遡ります」

観月の名所として知られる谷中の本行寺から、お宝の一塔両尊四菩薩がそっくり盗まれた。一塔両尊四菩薩とは、日蓮上人があらわした十界曼荼羅の核心部分を仏像であらわしたもので、須弥壇のまんなかに「南無妙法蓮華経」と書かれた題目宝塔を置き、左右に釈迦如来と多宝如来の二仏を、一塔両尊の左右には上行菩薩、無辺行菩薩、浄行菩薩、安立行菩薩の四菩薩を配した立体曼荼羅である。

本行寺の住職は狼狽えつつも、すぐさま、寺社奉行にお宝が盗まれたことを訴えた。寺社奉行は遠江国掛川藩を治める太田摂津守資始、本行寺は太田家の菩提寺でもある。盗人一味がそれを知ったうえで盗みにはいったとすれば、大胆にもほどがあると言わねばなるまい。

ともあれ、菩提寺の須弥壇から、お宝の仏像群が忽然と消えた。

「住職以上に狼狽えた摂津守さまは、さっそく家臣一同に命じてお宝の行方を追わせました」

されど、半年経っても端緒すら摑めず、業を煮やした摂津守は先手組の精鋭に助力を頼むことにしたのである。

「それで、目白鮫が動いたわけか」

寺社奉行の体面にも関わるはなしゆえ、火盗改でもある目白鮫たちの探索は内々にすすめられた。摂津守や太田家の重臣らは、頼んだことすら表沙汰にできなかったのだろう。

ところが、目白鮫たちが探索をすすめてほどなくして、一塔両尊四菩薩は無事に戻されたという。

「戻ったのか」

「詳しいことはわかりませぬが、本行寺は見返りに多額の出費を余儀なくされたと聞きました。摂津守さまは火盗改の頭に何ひとつ相談もせず、本行寺と隠密裡にはなしをすすめ、得体の知れぬ盗人の要求に応じてしまった」

とのつまり、盗人一味の正体はわからず仕舞いとなった。

「されど、目白鮫は探索をつづけておるのか」

本行寺の一件のあと、目白鮫が乗りださねばならぬ出来事がつづいた。

七右衛門が把握しているだけでも、寺社奉行の管轄内でほかに三件の盗みがあったという。

「築地の常念寺、浅草山之宿の九品寺、亀戸の常光寺、いずれも御本尊の阿弥陀如来像が、献納品ともども盗まれました」

常光寺の御本尊は六寸余りの座像だが、常念寺は四尺ほどの立像で、九品寺の御本尊は九品寺大仏と呼ばれる巨像だという。

「何と、ふたつの阿弥陀さまは、頭だけ盗まれたのだそうです」

「まことか」

罰当たりにもほどがある。

御本尊がどうなったかはわからぬが、お宝とおぼしき献納品のほうは故買品として闇に出まわっていた。それらは刀剣や仏具のたぐいだが、数の多さから推せば、襲われた寺は十指では足りぬはずだと、七右衛門は眉を顰める。

「寺社奉行さまの縄張り内ゆえ、南北町奉行所の方々は何ひとつ知らされておられぬのでしょう。盗人一味は本行寺で味を占め、同じように見返りを狙っているのでございます」

金さえ払えば御本尊は戻るとなれば、寺社奉行の摂津守は盗人の探索ではなしに、寺を説得するほうに注力するやもしれぬ。

「盗人一味が最初に寺社奉行さまの菩提寺を狙ったのは、そうした読みがあったからかもしれませぬ。もちろん、目白鮫の旦那がこのまま指を咥えてみているとはおもえませんが」

「ふうむ」

又兵衛は思案投げ首で考えた。

襲われた寺に、何か共通するものはないのだろうか。

「場所も宗派もばらばらですし、御本尊は阿弥陀さまが多いとは申せ、すべてそうとはかぎらない。本行寺以外は奈良に同名の寺があるようですが、それがどうしたと言われれば、こたえようもございません」

「奈良か。そういえば、鹿殺しなる異名に聞きおぼえは」

「唯一、盗人についてわかっていることとしか」

さすがの七右衛門でも、盗人一味の素姓は見当もつかぬという。

「おおかた、上方から下ってきた連中にござりましょう」

「上方か。鹿の角を喉に刺された南都屋も、上方でひと山当てたのだったな」

「抜け荷で肥ったというのが、もっぱらの噂にございます。番頭の鉢助には、お会いになりましたか」

「会った。あやつは怪しいな」

七右衛門は、ぴくっと片眉を動かす。

「二年前までは同業でした」

「何っ、知っておったのか」

「禿鷹と呼ばれた小悪党にございます」

闕所になりそうな商家におもむいては、金目のものを安く買いたたき、仕入れた品を裏で高く売る。江戸と上方を頻繁に行き来し、阿漕な商売で食っていた五二屋が、何の因果か、薬種問屋の番頭におさまったのだという。

「どうやったら、あんな芸当ができるのかと、仲間内には羨ましがる者もおりました」

「南都屋は養子に継がせると、鉢助は言うておったぞ」

「はたして、養子なんぞいるのかどうか。言っていることがどこまでが真実かもわかりませぬ。どちらにせよ、南都屋に秘密が隠されているようですな」

もう一度、訪ねてみるしかあるまい。

七右衛門は背を向けて帰りかけ、ひょいと戻ってくる。

「ひとつ忘れておりました。喜代次が太子像を返しにいったとき、如意輪寺の太子堂は普請し直したばかりで、檜の匂いがしていたそうです」

「ほう」

「読み筋の足しになればと」

「心得ておこう」

「平手さま、闇には闇の秩序ってもんがござります。秩序を乱す悪党は、ふん縛っていただくしかありません。どうか、よしなに」

毅然として言いきり、七右衛門は去っていった。

煽られたような気もする。又兵衛が探索をつづけると踏んで、わざわざ訪ねてきたのだろう。七右衛門のような連中にとっても、得体の知れぬ輩に縄張りを荒らされるわけにはいかぬ。目白鮫を助け、一刻も早く鹿殺しを捕まえてほしいと、心の底から願っているのだ。

任せておけと、胸を叩くことはできない。

だが、今しばらく探索はつづけてみようと、又兵衛はおもった。

七

翌日は非番だったので、朝から寺巡りをおこなった。

中ノ郷の如意輪寺を皮切りに、亀戸の常光寺、浅草山之宿の九品寺、谷中の本行寺、築地の常念寺と、七右衛門から告げられた五つの寺を巡ったのである。

そして、九品寺を除くほかの寺には御本尊が戻されていることがわかった。寺社奉行から箝口令が敷かれているのか、住職たちはことばを濁したものの、何者かにお宝を盗まれたのは確かで、御本尊と引き換えに多額の出費を余儀なくされたこともみとめた。

一番最後に盗みにはいられた常念寺の住職は、無念そうに払った金額を漏らしてくれた。盗まれた阿弥陀像の頭を取りもどすのに、何と、二千両も払ったという。四つの寺だけでも、盗人一味は八千両近くの荒稼ぎをしたものと推察された。

さらにもうひとつ、又兵衛は重要なことに気づいた。

五つの寺がことごとく、盗みのあった数ヶ月前に本堂や宝塔の改め普請をおこなっていたのである。

改め普請はすべて、同じ材木問屋が仕切っていた。

鉄炮洲に店を構える紀ノ屋百左衛門、二年前に上方から出てきた新興の商人である。

店を訪ねて主人の顔を窺うにしても、事前にある程度の下調べはやっておかねばならない。非番にもかかわらず、わざわざ裃に着替えて向かったのは、道三堀の北にある作事奉行所であった。

町奉行所の例繰方が、のこのこ訪ねるさきではない。

門前払いを覚悟しつつ、門番に身分と名を告げ、内容は御用向きのこととだけ伝えたにもかかわらず、しばらくすると、すんなり通してもらえた。

さすがに、町方与力の訪問を拒むわけにはいかぬのか。

通された部屋は玄関に近い控え部屋である。もちろん、ぞんざいな対応は予想できたことだ。

若手に案内されて下座で待っていると、上席の者が難しい顔であらわれた。

「それがし、作事下奉行の桐生鉄之進と申す」

上座に腰をおろしたのは、鰓の張ったぎょろ目の男だ。

隙のない所作から推すと、剣術におぼえがあるのだろう。

又兵衛は軽く頭をさげた。

「南町奉行所例繰方与力、平手又兵衛にござります。じつは、如意輪寺にある牛島太子堂の改め普請について、伺いたきことがござりましてな」

軽く突っつくと、桐生はぎょろ目を剝いた。

「どのようなことであろうか」

不機嫌な顔をするので、又兵衛はわざと笑みを浮かべる。

「凶事や不祥事が勃こったとしても、寺社奉行さまのご管轄であることは重々承知しております。されど、かの寺に関わりのある坊主が博打場で捕らえられましてな。聞けば女犯や窃盗の疑いまでござった。そうなると、不浄役人のわれわれが出張らぬわけにもまいりませぬ」

適当な嘘を並べたのは、手に入れたいはなしを引きだすためだ。以前は初対面の相手に嘘など吐けなかったが、近頃は目的のためなら手段を選ばぬようになった。年季を積むと、役人は嘘吐きになるのかもしれない。ただし、それが真相に近づく唯一の道ならば、平気で嘘を吐くべきだとおもったりもする。

坊主の件と聞いて安堵したのか、桐生は肩の力を抜いた。

「生臭坊主を裁くのに、例繰方の役人は書面を作らねばならぬ。それゆえ、わざわざ訪ねてこられたわけだな」

「いかにも」

「真面目な御仁よ」

「きちんと書面を作らねば、上にこっぴどく叱られます。どうか、おつきあいくださりますよう」

「少しだけなら、まあよかろう」

桐生は溜息を吐き、襟を弛めてみせる。

又兵衛はすかさず、惚けた口調でつづけた。

「今朝ほど、牛島太子堂を拝見しました。いや、なかなか見事な作事にござりますな。仕切ったのは、新興の材木問屋と聞きましたが」

「紀ノ屋の手配する大工は腕がよい。調達する材木も安価なわりには質がよいゆえ、御用達に昇格させてやったのだ」

「えっ、御用達なのですか」

嘘ではなく、又兵衛は驚いた。

「江戸に下って、まだ二年ほどと聞いておりますが」

「年数は関わりない。要は作事の腕であると、うちの御奉行は仰せでな」

「御奉行とは、西浦頼近さまのことでござりますな。二年前までは奈良奉行であらせられたかと」

「さよう、遠国の奈良で御奉行を三年つとめられ、めでたく江戸へ戻って作事奉行に昇進なされた。旗本御家人の鑑とも申すべきお方である」

ずいぶんと持ちあげる。もしかすると、桐生は西浦から気に入られているのかもしれない。となれば、奉行を褒めちぎるしかなかろう。

「末は幕閣の中核を担われるお方のようですな。さすが、新興の材木問屋を御用達にしただけのことはある。すでに、それだけのお力をお持ちだということでしょう。そういえば、西浦さまのお口添えで薬種問屋も御用達になったと伺いましたが」

「南都屋のことか」

「あっ、さようにございます。紀ノ屋と同じく、奈良から二年前に江戸へ下ってきたばかりであったとか」

桐生は眸子に警戒の色を浮かべた。

「おぬし、何故、南都屋を知っておるのだ」

「存じておると申しましても、大川端で変死を遂げたという程度にございます。あのような凶事に見舞われ、南都屋はどうなってしまうのでしょうな」

「それはこっちが聞きたい。御用達に推挽した手前、闕所となれば御奉行の面目にも傷がつく。どうなのだ、町方は南都屋を潰す気なのか」

「まだわかりませぬ。何か悪いはなしでも出てくれば、闕所の沙汰が下るかもしれませぬし、跡継ぎがおるようなので残る目もありましょう。それにしても、西浦さまが南都屋を御用達に推挽なされたのはあれですか、やはり、奈良奉行であられた頃の縁にござりますか」

「さようなこと、不浄役人が知らずともよいわ」

「いかにも。ちと、詮索が過ぎました。されど、桐生どのが仰るとおり、西浦さまは旗本御家人が範にすべきお方やもしれませぬ。まさに大器と呼ぶにふさわしい。奈良奉行であられた三年のあいだ、鹿殺しがなかったのもうなずける」

「鹿殺しとな……」

　桐生は動揺し、声をひっくり返す。わかりやすい男だ。

「……おぬし、奈良の鹿殺しを知っておるのか」

「ええ、風の噂に聞きました。西浦さまがご着任する直前と退任なさった直後に、春日社で大量の鹿が殺されたと。何でも、生薬に使う袋角を入手するのが凶賊の狙いであったとか。ところで、桐生さまもこの出来事はご存じで」

「あたりまえだ。わしは西浦さまが作事奉行になられてからこのかた、あのお方を一番近いところでお支え申しあげておる」

「御奉行さまにとって、無くてはならぬお方というわけですな」

「まあ、そうだ……」

うなずきながらも、ふと、桐生は我に返る。

「……ところで、生臭坊主のはなしはどうなった。太子堂の作事と、どういう関わりがあるのだ」

「それにござる。うっかり、忘れるところでした」

もはや、問うべきこともないが、仕舞いにひとつだけ鎌を掛けてみようとおもった。

「太子堂には、聖徳太子御自ら彫られた太子像があったやに聞きました。坊主が盗んだのは、その太子像にございます」

「まさか……」

と、言いかけ、桐生は口を噤む。

あきらかに、事情を知っているような口振りだ。

又兵衛は勢いに乗ってたたみかけた。

「質屋に売りにまいったのです。質屋は五両で太子像を手に入れたものの、罰当たりなこととおもいなおし、如意輪寺にお返し申しあげたとか」

「生臭坊主はどうなった」

「廻り方が捕らえました。如意輪寺の意向を汲んで、こちらで裁いてよいというはなしになれば、早晩、八丈島へ流されましょう」

「八丈島か」

「二度と娑婆へは戻ってこられますまい」

「されど、坊主はどうやって太子像を盗んだのであろうな」

桐生は白々しい台詞を吐き、探るような眼差しを向けてくる。

何もかも知ったうえで問うているのだと、又兵衛は確信した。

「そこがわかりませぬ。住職によれば、太子像は秘密の部屋に隠されており、住職と一部の者しか在処を知りませんでした。しかも、像の納められた厨子にいたるまでには、二重の錠前を破らねばならぬとか。平の生臭坊主が秘密の部屋をみつけ、二重の錠前を破ったとはおもえませぬ。それゆえ、吟味方も首をかしげております。そのあたりもふくめて、作事の中味を伺いとうござります。お許しをいただければ、後日、紀ノ屋のほうへも足労いたしたくおもっております」

本音を漏らし、桐生は乾いた唇を嘗める。

「それはまずい」

すかさず、又兵衛は問いかけた。

「何がまずいのでござりましょう」

「こちらの頭越しに行かせるわけにはいかぬ」

「承知しております。それゆえ、お許しを得たいのでござります」

「ちと待て。藪から棒に言われても即断はできぬ。とりあえず、その件は預からせてもらおう」

「かしこまりました」

桐生はあきらかに狼狽えつつも、あれこれ考えをめぐらせている。

ここが潮時と判断し、又兵衛は暇乞いをした。

八

又兵衛はその足で、薬研堀の南都屋に向かった。

すでに陽は落ち、辺りは薄暗くなりつつある。

桐生の頼みを無視し、鉄炮洲の紀ノ屋に向かう手もあった。

そうしなかったのは、もう少し時を経たほうがよいと判断したからだ。

おもいのほか、作事奉行所では得るものが多かった。

作事下奉行の桐生とはなすうちに、作事奉行と材木問屋が一連の盗みと深く関わっているのではないかという疑念が浮かんできたのだ。

たとえば、改め普請をおこなう際、普請に関わった大工などが事前の下調べや細工をほどこし、お宝の在処や盗みだす方法を盗人一味に伝えていたとする。そうしたお膳立てがあったからこそ、一味は易々と盗みをやってのけられたのではなかろうか。

それだけではない。大工を雇う材木問屋や発注する側の作事奉行も悪事に関わっていたとすれば、短い期間に同様の盗みをつづけても盗人一味がいっこうに捕まらない理由は説明できる。

だが、さすがに、それはなかろうという気持ちもあった。

下三奉行の筆頭とも目される作事奉行ともあろう者が、盗人一味とつるんであくどく儲けているはずもなかろう。内与力の沢尻玄蕃あたりに告げれば一笑に付されるだろうが、寺をまわって尋ねてみると、住職の何人かは作事奉行のほうから改め普請を打診されたと証言した。

つまり、作事奉行が盗人一味に盗みの機会を与えたのではないかという疑いすら抱かされたのである。

読み筋が的を射ているとすれば、作事奉行と材木問屋は何らかの手を打ってくるかもしれない。桐生を焚きつけたことで、誰と誰がどのように動くのか。又兵衛はじっくり見極めようとおもった。

薬研堀からも、両国橋のうえに打ちあがる花火はよくみえる。

大川端には夕涼みに興じる男女が大勢見受けられたが、少し離れた通り沿いに建つ南都屋は異様なほど静まりかえっていた。

近づいて表戸を敲いても、潜り戸が開く気配はない。

脇道から勝手のほうへまわると、裏口の板戸がなかば開いていた。

敷居をまたぐなり、うっと息が詰まるほどの血腥さに鼻を衝かれる。

又兵衛はかたわらの軒行灯を外し、燧を叩いて灯を点けた。

灯りを照らして土間を進み、雪駄を脱がずに廊下へあがる。

臭気はひとつさきの部屋から漂ってきた。

人の気配はしない。

えいとばかりに、部屋へ踏みこんだ。

畳は一面、どす黒い血で穢れている。

床の間に灯りを向けると、屍骸が柱に背を預けていた。

顔だけを上に向かされ、開いた口には鹿の角が刺さっている。

異様な光景であった。

身を寄せてみると、番頭の鉢助ではない。

月代と無精髭を伸ばした浪人者である。

右頬には古い刀傷もあった。

「……こやつ」

五二屋に太子像を五両で買わせた浪人者にちがいない。

南都屋の主人と同じ手口で殺し、しかも、南都屋に屍骸を残したということは、みつけた者への警告か脅しと受けとるべきかもしれなかった。

殺ったのは、鹿殺しの異名で呼ばれる凶賊の頭目であろうか。

それにしてもどうして、このような酷いやり方で殺めねばならぬのか。

——がさっ。

勝手口のほうで物音がした。

誰かが侵入してきたらしい。

咄嗟(とっさ)に軒行灯を吹き消した。
屍骸に背を向け、すっと身構える。
夜目が利くので、暗闇でも闘えよう。
相手は灯りも点けず、抜き足差し足で近づいてくる。
殺気を身に纏(まと)っていた。
やる気なのだ。
又兵衛は腰を屈(かが)める。
いざとなれば、飛蝗(ばった)のように跳ぶしかない。
上に跳べば鴨居(かもい)にぶつかるので、低く斜めに跳ぶしかなかろう。
相手は足を止め、息を詰めた。
——今。
又兵衛は畳を蹴る。
と同時に、人影が躍りこんできた。
「やっ」
中空(ちゅうくう)で刀を抜き、相手の喉に切っ先を向ける。
「うわっ」

怯んだ相手が身を反らす。

喉を貫く寸前で、又兵衛は太刀筋を変えた。

一瞬で正体を見極め、わずかの差で的を外したのだ。

「……ひ、平手さま。何故、ここに」

相手は尻餅をつき、声を震わせた。

目白鮫配下の同心、腰塚源九郎にほかならない。

鰻を奢ってやった若造である。

「おぬしこそ、何しにまいった」

問いかけた刹那、別の気配が立った。

勝手口のそばに、ぽっと灯りが点る。

目をやれば、がっしりしたからだつきの人物が立っていた。

「鮫島さま」

又兵衛はつぶやき、刀を鞘に納める。

目白鮫は大股で歩みより、黙って部屋に踏みこむと、無惨な屍骸を睨みつけた。

「ちっ、泳がしすぎたな」

苛立ってみせる背中に、又兵衛は問いかける。

「屍骸をご存じなのですか」

「そやつは金杉六郎兵衛。食い詰め浪人だが、腕は立つ。鹿殺しに繋がる唯一の手掛かりであったが、こうなったらお手あげだ」

浪人者を泳がしていた理由は、鹿殺しを捕まえるためであった。

「殺めたのは、鹿殺しにござりましょうか」

「まちがいあるまい。南都屋勘右衛門も金杉も盗人の一味であったが、頭目の鹿殺しを裏切った。異様なやり方で殺めたのは、仲間へのみせしめであろう。まあ、おぬしに説いても釈迦に説法だろうがな」

「どうして、南都屋へ足労されたのですか」

「鉢助を締めあげるためさ。されど、ひと足遅かったようだ」

鉢助は身の危険を察し、何処かへ逃げたのだろうか。

それとも、別の場所で殺められているのか。

目白鮫にもわからない。

又兵衛は屍骸をみつめた。

「南都屋は、店をたたむしかありませぬな」

「連中にとっては痛手だろう。何せ、勘右衛門は大奥や大名家と繋がっておった。

貴重な鹿茸をせっせと贈答し、関わりを築いたのだ」

南都屋勘右衛門の役まわりは、大奥や幕閣のお偉方を取りこむことにあった。ところが、抜け荷で儲けた金の一部をくすねたか何かして、鹿殺しの怒りを買った。そういうことなのだろうか。

裏切られたと知った鹿殺しは、即座に手を打った。すでに、大奥や幕閣の一部は手懐けてあるゆえ、南都屋を残しておかずとも何とかなると判断したのかもしれぬ。

一方、金杉六郎兵衛なる浪人者は端金欲しさに、一味がせっかく盗んだ太子像を質屋に売ろうとした。あきらかな裏切りなので、あっさり消されたのだ。裏切り者は消さねばしめしがつかぬ。しかも、できるだけ酷いやり口で制裁せねばならぬというのが、悪党なりの定式なのかもしれない。

「鹿殺しとは、どのような頭目なのでございましょう」

「頭は切れるし、胆も太い。鹿の角をわざわざ屍骸に刺すのは、けっして捕まりはせぬという意思表示かもしれぬ。捕り方を嘲笑っておるのさ」

「ふざけたやつですね」

「おのれに過剰なほどの自信があるようだ。わからんでもない。何せ、幕閣の中核をなす重臣のひとりを骨抜きにしたのだからな」

「元の奈良奉行で今は作事奉行、西浦頼近にございましょうか」

「西浦頼近は奈良奉行に就いた頃から、鹿殺しと懇意になった。鹿茸で儲けた金の一部を献上され、その金を使って作事奉行の地位を手に入れたのだ。めでたく作事奉行となってからは、寺の改め普請に託けてお宝を盗みださせる大胆な手口を使い、鹿殺しともども一攫千金を狙った。まんがいちにも、それが真相だとするならば、西浦頼近は獅子身中の虫にちがいない。されど、何ひとつ証しはなく、すべては当て推量にすぎぬ」

「当て推量にございますか」

「相手が大物すぎる。ここまでだな」

ぽつりと漏れたことばに、又兵衛は耳を疑った。

「えっ、探索を止めると仰せですか」

「わしはおりる。上から圧もかかっておるし、ほかに追わねばならぬ賊がわんさかおるゆえな」

「お待ちください。獅子身中の虫を野放しにしてもよろしいのですか。さようなことをすれば、幕府の屋台骨が腐ります」

「屋台骨が腐るか。ふふ、上手いことを抜かす。作事奉行だけに、まことにそうなるかもしれぬな」

まるで他人事のように言いつつも、心の底は口惜しさと怒りで煮えたぎっているのであろう。それがわかるだけに、又兵衛は口を噤むしかなかった。

「おぬしはどうする。探索をつづけるようなら止めはせぬ。役に立つかどうかはわからぬが、腰塚を残しておこう」

「えっ」

と、腰塚が応じた。

聞いていなかったのだろう。自分ひとりが残される不安もあろうし、何よりも探索を止めるという筆頭与力のことばが信じられないようだった。

「さればな、はぐれ又兵衛」

目白鮫は踵を返し、暗がりの向こうへ去った。

ぎりっと、腰塚は奥歯を噛みしめる。

頼るべきは、こやつだけか。

もちろん、探索を止めるつもりはない。

だが、又兵衛は苦境に立たされた気分になった。

九

独り身だという腰塚を連れて、八丁堀の屋敷には戻らず、常盤町にある長元坊のもとへ転がりこんだ。

「へへ、目白鮫から袖にされ、心細くなったってわけだな」

長元坊は嬉しそうに言い、欠けた湯呑みに冷や酒を注いでくれる。

これをひと息で干すと、ようやく気持ちが落ちついた。

肴は煮蛸の黒胡麻和えに瓜の奈良漬け、七輪の網では筒切りにした鱸が美味そうな焼き色をつけている。

「金満患者の差し入れさ。夏の鱸は高価すぎて、料理茶屋でも行かなきゃ食えねえ。そいつを筒切りにして表裏に塩を振り、酒で洗いながしておいた。今宵は美味え飯にありつける。さあ、これからってときに、都合よくおめえらが転がりこんできやがった。それにしても、そっちの若造、よっぽど腹が減ってたみてえだな」

かたわらでは、腰塚が丼飯に冷や汁をかけてかっこんでいた。

すでに、二杯は平らげており、三杯目にはいったところだ。

長元坊の作る冷や汁は絶品で、昆布出汁の汁に焼き味噌を溶かして冷まし、半月切りの胡瓜と針にした生姜、さらに木綿豆腐と茗荷をくわえる。これを冷や飯にぶっかけて食えば、何杯でもいけるというわけだった。

「若造にゃもったいねえが、鱸もひと切れ分けてやろう。ほらよ」

皿に載せた筒切りをためつすがめつ眺め、腰塚は眸子を潤ませる。

「おいおい、泣いてんのか。泣くのは食ってからにしてくれ」

「はい」

腰塚は鱸の白身を箸で摑み、口に入れた途端、号泣しはじめる。

「おい、どうした」

「……あ、あまりに美味すぎて」

「泣けてきたか。まあ、わからんでもないがな。鱸の塩焼きにゃ、人を泣かせるだけの力があるってことよ」

腰塚は筒切りをぺろりと食い、さらに食べたそうにする。

「おっと、そうきたか。うちの三毛猫なんぞより始末に負えねえやつだな」

そう言いながらも、もうひと切れ分けてやると、腰塚は爛々と眸子を光らせた。

「おめえ、いってえいくつなんだ」

「二十二にございます」

「家で待つ者はいねえのか」

「老いた母がひとり」

「そいつはまずいな。火盗改ってのは命を張るのが商売だ。死んじまったら、おっかさんが悲しむぜ」

「父も先手組の同心でした。目白の弓組一番では一、二を争う甲源一刀流の遣い手でしたが、盗人一味の探索で深傷を負い、その傷がもとで逝きました。母は墓前で涙ひとつみせず、父上のご遺志を継いで江戸の町をしっかり守ってほしいと、それがしに告げました。すでに、覚悟はできておろうかとおもいます」

「母親ってのは、そういうもんじゃねえだろうよ。おめえがいねえときに、こっそり泣いているんだぜ」

「だからと申して、この役目から逃げだすわけにはまいりませぬ」

「まあな。おめえみてえな無鉄砲な野郎がいなけりゃ、盗人はやりたい放題だろうぜ」

「それがしのことはさておき、不思議なのは平手さまにございます。内勤の例繰方にもかかわらず、何故、凶賊に立ちむかおうとなさるのか。いいえ、凶賊だけではございませぬ。公儀の禄を食む巨悪が後ろに控えておるかもしれぬというのに、あきらめずにさきへ進もうとなさる。何故、あきらめようとされぬのか、それがしには不思議でなりませぬ」

「へへ、平手又兵衛はな、誰よりもあきらめの悪りいやつなのさ。喩えてみりゃ、すっぽんだな」

「すっぽん」

「雷が鳴っても咥えた獲物は放さねえ。又に狙われた連中にゃ、地獄が待っているって寸法さ」

「されど、こたびの相手は手強すぎます」

長元坊は惚けた顔で宙をみる。

「はなしはさっき聞いた。巨悪ってのは作事奉行の……ええと、誰だっけ」

「西浦頼近さまにございます」

「おう、その西浦とかいう偉そうな野郎の悪事を暴いてみせりゃいいんだろう。別に、てえしたはなしじゃねえ」

「えっ」

腰塚は驚き、怒気をふくんだ声で言う。

「長元坊どのは酔っておられるのですか」

「これしきの酒じゃ酔わねえさ。素面で言ってんだぜ」

「でも、どうやって暴けばよいのでしょう」

「そいつをこれから考えるのさ。ほれ、おめえも酒を呑め」

「呑めませぬ。下戸なもので」

「なら、飯を食え。飯櫃を空にしてもいいんだぜ」

腰塚は遠慮もせず、四杯目の丼飯をかっこみはじめる。

そのすがたに目を細めつつ、長元坊は喋りかけてきた。

「又よ、獅子の子落としってやつかもな。あいつは目白鮫が目にかけている若手にちげえねえ。おめえに預けて、鍛えさせるつもりなのさ」

「そいつはどうだか」

「おれはそうおもうぜ。いざとなったら、助っ人に馳せ参じる。目白鮫はきっと、そう算段しているはずさ」

「だとよいがな」

目白鮫は冷静沈着な男だ。六十人からの配下をまとめる筆頭与力でもあり、容易くは動かぬとおもっておいたほうがよい。

「要は、鹿殺しを捕まえりゃいいんだろう。そいつの口を割らせりゃ、作事奉行を土壇に送りこめるかもしれねえぜ」

言うのは簡単だが、勝算はみえない。

にもかかわらず、長元坊の鼻息は荒い。

「それによ、おめえはちゃんと餌を撒いている。作事奉行所に行ったんだろう。桐生ってやつが悪党の手先なら、おめえをどうにかしようとするはずだぜ」

それは又兵衛の意図したことでもあった。

上から手をまわして圧をかけてくるかもしれぬし、闇討ちを仕掛けてくることも考えられよう。そうなれば悪事をみとめたようなものだが、相手の出方を待っているだけでは今の情況を突破できないような気もする。

「だったら、踏みこむか。紀ノ屋百左衛門って野郎が怪しいんだろう。そいつが鹿殺しなら、はなしは早え」

「よし」

腰をあげかけると、飯櫃のほうから寝息が聞こえてきた。

腰塚が仰向けで寝ているのだ。

「酒も呑まねえくせに、よくも眠れるもんだぜ」

目白鮫にくっついて、朝から晩まで駆けずりまわっていたのだろう。おそらく、ここ数日はまともに眠ることすらできなかったにちがいない。

「仕方ねえな。今宵はゆっくり英気を養うとするか」

鱸の残りはまだある。又兵衛は注がれた酒を呑んだ。

熱いものが喉を通り、胃の腑に染みこんでいく。

明日が勝負だとおもえば、いっこうに酔えない。

「へへ、武者震いがしてきたぜ」

長元坊も酔えぬのか、酒量だけがどんどん増えていった。

十

翌日も灼けつくような暑さになった。

まさに、炎昼と呼ぶにふさわしい。

又兵衛は長元坊と腰塚をともない、鉄炮洲から渡し船で佃島へやってきた。

佃島では住吉明神の祭を控えている。拝殿などの改め普請を担ったのが、作事奉行の西浦頼近から発注を請けた紀ノ屋百左衛門であった。今日は普請に関わった者たちが舟で佃島に漕ぎつけ、航行の安全などを祈念する神事が催される。

阿漕な材木商の顔を拝むには絶好の機会と踏み、又兵衛たちも渡し船に乗ったのである。

佃島の住吉社には何度か訪れたことがあった。北側に広がる石川島の人足寄場へ足労することがあり、そのたびに寄り道をして拝殿に詣った。縁起は今さら説くまでもないが、大権現家康公が関東へ下向した際、摂津国の佃村から縁のあった漁師たちを連れてきて住まわせ、航行の安全を司る守護神を奉ったのが起源とされる。

白魚漁に勤しむ漁師たちの島であり、祭の季節でもなければ人々は舟でわざわざ渡ってこない。

神事が催される日は、急に人の数が増えたようになる。

見物人のなかに紛れることはできたが、又兵衛も腰塚も念のため、すぐに捕り方とわかる黒羽織は纏わず、勤番侍が着そうな浅葱裏の着流しでやってきた。

「おめえら、何とも中途半端な恰好だな」

長元坊は笑いながら、参道のほうへ目をくれる。

縦に長い人の列が、粛々と拝殿のほうへ向かっていた。

先頭は黒紋付の商人で、その人物が紀ノ屋百左衛門らしい。

「まだ若えのに、とんでもねえ金持ちさ」

教えてくれたのは、陽に焼けた黒い顔に皺の目立つ年寄りだ。白魚漁の漁師にちがいない。

「あのひとのおかげで、立派な白木の拝殿がお披露目になった。龍神さまも喜んでおいでだろうよ」

遠目からではあったが、又兵衛は百左衛門の顔をみた。

長元坊は「蒼白い顔のうらなり野郎」と言ったが、からだつきも痩せており、とうてい凶賊の頭目にはみえない。

「あいつは鹿殺しじゃねえな」

長元坊もつぶやいたが、見掛けで人を判断してはならぬと、又兵衛はみずからに言い聞かせた。

百左衛門の後ろには、筋骨隆々とした男たちがつづいている。

全部で十人近くはおろうか。作事を担った職人の体裁をとっているものの、そちらは凶賊の一味にしかみえなかった。

鹿を殺すことを躊躇わぬ者たちが、厳かな神事に立ちあうのである。

いったい、何を祈るつもりなのか。

自分たちの犯した悪事がいつまでも露見せず、一生遊んで暮らせますようにとでも祈るのだろうか。

群衆に紛れて神事を遠望しつつ、又兵衛は怒りを禁じ得なくなった。

作事奉行や役人たちは参じておらぬようだが、西浦頼近が盗人一味と結託して私腹を肥やしているのだとすれば、どうあっても許すわけにはいかない。

「あいつらの狙いは何なんだ」

疑念を口にしたのは、長元坊である。

「社殿に仏像はねえだろう。何か金になるお宝でもあんのか」

祭祀に使う神具や剱などはあるかもしれぬが、それらを盗んで金銭を要求するのが目的とはおもえない。

「ほかに何か狙いでもあるのでしょうか」

腰塚にも問われたが、又兵衛は首をかしげるしかなかった。

神事はさほど時を要さずに終わり、紀ノ屋百左衛門に率いられた連中は社殿の裏手へ消えていった。

急いで追いかけたさきは、手入れのされていない雑木林である。

入口に屹立する大木は、悪鬼払いの縁起木として知られる槐であろうか。

紀ノ屋の一団は槐の脇を擦りぬけ、薄暗い深奥に向かっていった。

気づかれぬように尾行し、雑木林の奥へ引きこまれていく。

細心の注意を払って進むと、読経らしき声が聞こえてきた。

適当な木陰に隠れて窺うと、奥に墓石のような石塔が建っており、みなで祈りを捧げている。

ほどなくして祈りは終わり、ふたりの男が石塔に石の蓋をした。

たったそれだけの行為だが、何か重要な意味でもあるのだろう。

一団は来た道を戻り、その足でぞろぞろ船着場へ向かっていった。

大きな屋根船が二艘待っており、百左衛門を先頭にして全員で乗りこむ。

見送るか、追いかけるか。迷っていると、そこへ、みたことのある町人がひとりあらわれた。

「あっ」

又兵衛が声をあげる。

屋根船を見送りにきたのは、南都屋で番頭を任されていた鉢助であった。

「あやつめ、生かされておったのか」

まだ役に立つと、鹿殺しが判断したのだろうか。

そういえば、五二屋の七右衛門が鉢助の生いたちを教えてくれた。仲間の喜代次から聞いたはなしだ。

鉢助は東国の者ではなかった。親は奈良にある小さな村の百姓で、飢饉に見舞われたとき、村といっしょに乳飲み子の鉢助も捨てて何処かへ消えた。逃散百姓の捨て子となって野垂れ死ぬ運命だったが、道心坊主に拾われて命だけは助かった。物心ついてからは物乞いや盗みをして食いつなぎ、どうにか生きながらえてきたのだという。

神に仕える鹿に餌はやっても、飢えた子には見向きもしない。それが奈良の役人だというのが、鉢助の口癖であった。

ふと、そんなはなしをおもいだす。

同情するつもりはさらさらないが、悪党の手先になるのも致し方あるまいとおもってしまう。

ともあれ、紀ノ屋の連中を行かせてから、鉢助を捕まえよう。

三人は阿吽の呼吸でそう決め、息を殺して待った。

やがて、屋根船は纜を解かれ、桟橋から離れていく。

鉢助は深々と頭をさげたあと、くるっと踵を返した。

「洗いざらい吐かせてやる」
意気込む腰塚をさきに行かせ、又兵衛と長元坊は後ろから追いかけた。
さほど広くもない島なので、身を隠すところもかぎられていよう。
時刻は八つ刻（午後二時頃）を過ぎた頃だ。
生温い風が吹き、一転して空は掻き曇った。
——ごろっ。
遠雷も聞こえてくる。
突如、大粒の雨が降ってきた。
夕立である。
すぐさま、篠を突くような土砂降りになった。
鉢助は着物を脱いで頭を覆い、泥撥ねを飛ばしながら駆けだす。
「くそっ」
長元坊が悪態を吐いた。
三人は濡れるのもかまわず、翼を広げた蝙蝠のような鉢助に追いすがる。
住吉社の門前まで戻り、茶屋や土産物屋が軒を並べる辺りへやってきた。
外に出ている者などいない。

鉢助は四つ辻に達し、ふいに右手へ曲がった。
「逃すか」
腰塚は裾を捲り、必死に追いかける。
又兵衛と長元坊は少し遅れた。
雨に視界を閉ざされている。
腰塚が止まりもせず、ひょいと辻を曲がった。
――きいん。
やにわに、金音が響いてくる。
又兵衛も追いつき、辻を曲がった。
――ひゅん。
刹那、鼻先に白刃が伸びてくる。
「うっ」
どうにか避けた。
相手は黒い布で鼻と口を覆っている。
鉢助ではない。侍の刺客なのだ。
足許をみれば、腰塚が倒れている。

「やっ」

上段から二刀目が襲いかかってきた。

反転して避けたところへ、長元坊が躍りこんでくる。

「こんにゃろ」

徒手空拳でかなう相手ではない。

それでも、怯んだ隙を衝くことはできた。

又兵衛は身を屈め、宙高く跳んでみせる。

「はっ」

刀は抜かず、見上げた相手の顔面に膝頭を叩きつけた。

――ばこっ。

鼻の骨がへし折れたにちがいない。

「ぬぐっ」

相手は白目を剝き、海老反りに倒れていった。

長元坊は後ろで、腰塚の肩を抱きあげている。

「おい、目を醒ませ」

平手で頰を叩くと、腰塚は薄く目を開けた。

「よし、大丈夫だ。腕に浅傷を負っただけさ」

又兵衛はほっと安堵し、倒れた男の覆面を外す。

「こやつ、桐生鉄之進だ」

「作事奉行の配下か」

「ああ、まちがいない」

「へへ、これで悪事は証明されたようなもんだぜ」

鉢助は逃したものの、それ以上の釣果は得られた。

待ちぶせしたつもりだろうが、桐生にしてみれば過信が仇になった。

「どうする」

長元坊に聞かれ、又兵衛は空を見上げた。

いつの間にか、雨はあがっている。

桐生を連れていくさきは決まっていた。

十一

痛がる腰塚の腕を布で巻いて止血し、気づいた桐生を後ろ手に縛って立たせた。

「まったく、嘘みてえな天気だぜ」

晴れ間もみえる夕空のもと、四人で向かったさきは紀ノ屋の連中に導かれた雑木林である。

槐(えんじゅ)の脇を通りぬけ、苔生(こけむ)した石塔のところまでやってきた。

「さっきのやつら、ふたりがかりで蓋を外していたな。きっと、何か隠しているにちげえねえ」

長元坊は乾いた唇を嘗(な)め、石塔のそばに近づく。

「へへ、ひょっとしたら、お宝かもしれねえぜ」

腰塚は腕を怪我(けが)しているので、桐生の見張りをさせた。

又兵衛は石の蓋を外す役目を担わねばならない。

「嫌そうな顔をするな。ほら、蓋を持て」

長元坊に急(せ)きたてられ、腕捲(うでまく)りをする。

「持ったか」

「ああ」

「持ちあげるぞ、ゆっくりな。ぎっくり腰にならねえように気をつけろ」

重い蓋をどうにか外し、石塔の内を覗(のぞ)くと、ぽっかり穴が開いていた。

「梯子(はしご)があるぞ。下に降りて、灯(あか)りを照らすしかねえな」

長元坊がさきに梯子を降り、又兵衛がつづいた。

内はひんやりとしていて、漆黒の闇しかない。

ふたりで立っていられるだけの高さはある。

「けっこうな広さだぜ」

長元坊は携えてきた提灯を手に取り、燧石を叩いて灯を点す。

内を照らした途端、驚くような光景が目に飛びこんできた。

「うわっ、何だこりゃ」

「角だな」

石塔の内には、鹿の角が山積みにされていた。

長元坊は角を一本拾い、にっと笑ってみせる。

「こいつはおったまげた」

又兵衛がさきに立ち、梯子をのぼって外へ逃れた。

腰塚の脇で、桐生が薄笑いを浮かべている。

「何が可笑しい」

長元坊が歩みより、桐生の月代を平手で叩いた。

――ぴしゃっ。

小気味よい音が響き、石塔の内にまで反響する。

「この塔は何だ」

又兵衛の問いに、桐生は平然と応じた。

「漁師たちは、開かずの祠と呼んでおるわ」

住吉社の開基以前から建っており、もともと住みついていた人々の遺骨が納められていたらしい。ひらけば祟りがあるというはなしを信じ、漁師たちは近づこうともしないという。

「紀ノ屋の連中は、ここで何をしておったのだ」

「鹿の供養さ」

「何だと」

「角は奈良で殺めた鹿の数だけある」

「わざわざ、江戸へ運んできたのか」

「験担ぎみたいなものであろうよ」

「やはり、紀ノ屋が鹿殺しなのだな」

「ああ、そうだ。やつらは殺めた鹿を供養するさきを探していた。そして、佃島にちょうどよい石の祠をみつけた。どんな悪党でも神の怒りを恐れ、縁起を担ごうとする。たぶん、そういうことだ」

「角を供養したくれえで、神の怒りは鎮められねえぜ」

悪態を吐こうとする長元坊を黙らせ、又兵衛は冷静に問うた。

「おぬしはどうして、佃島にやってきたのだ」

「まんがいちのためさ。紀ノ屋の周辺を探っている連中がいると聞いてな」

「鉢助にか」

「あやつは目端が利く。生きていられるのも、そのおかげだろうな」

「鉢助はそもそも、江戸の五二屋であろう」

「何者かは知らぬ。南都屋を見張らせるのに、ちょうどよかったのさ」

鹿殺しは南都屋の裏切りを知ったうえで、泳がしていたのだろうか。目端の利く鉢助を番頭につけたというのは、そういうことなのだろう。とどのつまり、南都屋は始末された。太子像をくすねた浪人の金杉も始末されたが、仲間を裏切らなかった鉢助は生かされ、桐生との橋渡し役をやらされていたのだ。

「鉢助は逃れた。おぬしらのことは、紀ノ屋の知るところとなろう。わしを助ければ、悪いようにはせぬ」

「たいそうな自信だな」

「あたりまえだ。おぬしらのごとき木っ端役人に勝算はない」

又兵衛は嘲笑う。

「そう言うおぬしも、木っ端役人であろうが」

「わしは西浦さまの懐刀だ。西浦さまを怒らせたら、おぬしらなんぞは麦焦しも同然に吹き飛ぶ。余計なことに首を突っこまぬことだ。手を引くと約束するなら、おぬしらのことは忘れてやろう」

「忘れてくれるのか。よし、わかった」

又兵衛があっさり諾すると、腰塚が目を剝いた。

「何を言われる。平手さま、ここで手を引いてよいのですか」

「命のほうが大事だからな。君子危うきに近寄らずと申すであろう」

おさまりのつかぬ若侍を、長元坊が組みふせるように止めた。

又兵衛はさりげなくつづける。

「手を引くついでに、これだけは聞いておきたい」

「何だ」

「西浦さまは紀ノ屋の素姓を知りながら、悪事に目を瞑ってきたのか」

「少しだけ目を瞑れば、とんでもない対価を手にできる。となれば、誰であろうと、同じことをするはずだ」

「奈良奉行の頃は、鹿の角でずいぶん儲けさせてもらったのであろう」

「鹿の角でひと財産築き、紀ノ屋は江戸に出てくる足がかりを摑んだ。西浦さまも幕閣のお歴々に賄賂を配り、順当に出世を遂げられた」

「江戸に出てきてから、紀ノ屋はさらにあくどい手法をおもいついた。寺の作事に細工をほどこし、御本尊を盗みだして多額の金を要求する。さように巧妙な悪事を盗人の頭でおもいつけるはずはないとおもうがな」

「寺を狙うのは、西浦さまのお考えだ。しかも、寺社奉行の菩提寺を最初に狙えば、あとの盗みがやりやすくなる。その妙案を捻りだしたのは、誰あろう、このわしよ」

寺社奉行は保身のため、管轄下の寺から御本尊が盗まれた失態を隠そうとする。そのくせ、みずからは探索能力が低いので、容易には盗人一味を捕らえることができない。しかも、大名としての誇りだけは高いので、町奉行所の助力は仰ごうとせぬ。寺に金を払わせて御本尊を取りもどさせ、何事もなかったような顔をするにちがいない。

そうした読みが、悪党どもにとっては吉と出た。

「西浦さまは、そこまでして金が欲しいのか」

「金はいくらあっても、ありすぎるということはない。遠国奉行から上に出世するには金が要る。あと三年もすれば、西浦さまは町奉行になられよう。秘かに囁いておられたが、町奉行になられたあかつきには、鹿殺しの一味を捕まえて大手柄にするそうだ」

「何だと」

「おぬしらの望みは、鹿殺しを捕まえることであろうが。あと三年だけ待てば、望みはかなうやもしれぬ。西浦さまは先々までお考えになり、確乎たる信念のもとに動かれておるのだ。おぬしらのごとき雑魚から、足を掬われるわけにはいかぬ」

「教えてくれ。鹿殺しは、春日社の出開帳でお宝を盗む気なのか」

「そうしたければ、やるだろうさ。決めたことはきっちりやる。やらねば気が済まぬ性分らしいからな」

もはや、問うこともない。

「さあ、縄を解いてくれ」

桐生はこちらに背を向ける。

又兵衛は静かに言った。

「縄を解くまえに、もうひとつだけ聞いておこう。白洲（しらす）で何もかも喋る気はないのか」

「ふん、まだそんなことを言うておるのか。わしを捕らえたところで、手柄にはできぬぞ。わしはな、どのような責め苦を受けても、貝のごとく口を噤（つぐ）むと決めておる。黙っておれば、そのうちに西浦さまが助けてくださるからな。おぬしらは、下三奉行の力がわかっておらぬ。西浦さまはな、雲の上のおひとなのだぞ」

「そこまで思い入れがあるなら、もう何も言わぬ」

「わかったら、早くこの縄を解け」

桐生は促（うなが）すように、そばに立つ長元坊を睨みつける。

「又よ、どうする」

問われた又兵衛は、口をへの字にしてうなずいた。

「解いてやろう」

「よし」

長元坊は桐生の後ろにまわり、縄を解いてやった。

腰塚は不満顔で、じっと睨みつけている。

「ふふ、さすが木っ端役人。物わかりがよいな」

勝ち誇ったように発したそばから、桐生は長元坊に襟の後ろを摑まれた。

凄まじい力で引きずられ、石塔の脇まで連れていかれる。

「……な、何をする」

「こうするのさ」

顔面を拳(こぶし)で撲(なぐ)り、開いた穴の内へ蹴りおとす。

「うわっ」

情けない悲鳴を残し、桐生は穴蔵(あなぐら)の底に消えた。

それでも、必死に起きあがってくる。

「……お、おい、ここから出せ」

「御免だね。墓にはいる手間が省(はぶ)けるってもんだ」

「……た、頼む。西浦さまには、わしからちゃんと伝えるゆえ、こんなところへ置き去りにするな」

「水を呑まずとも、七日くれえは生きていられようさ。そのあいだに、誰かが気づいてくれるかもしれねえぜ」

「開かずの祠だ、誰も来ぬ。くそっ、せめて、脇差(わきざし)を置いていけ」

「武士の情けってやつだな。又よ、どうする」

「脇差の代わりなら、そこにいくらでもあろう」

「おっとそうだった。鹿の角で喉を突けば、すぐにあの世へ逝けるぜ。じゃあな、あばよ」

又兵衛も手伝い、石塔に重い蓋をする。

――ぎ、ぎぎ。

軋むような音に紛れて、桐生の慟哭が隙間から漏れてきた。

三人は石塔から離れ、重い足を引きずりながら雑木林を抜ける。

すでに夕陽は落ち、野面には夕菅が華燭のように点々とつづいていた。

十二

おおやけの場でなされたものではないので、桐生鉄之進の告白をもって作事奉行の西浦頼近を白洲に突きだすことはできない。紀ノ屋についても同様で、幕府御用達の御墨付きを手にしている以上、明確な証しがないかぎり縄を打つわけにはいかなかった。

七日後、水無月十六日は嘉祥喰、武家でも町家でも疫気祓いの行事が催され、十六種の菓子や餅が神棚に奉じられる。

不思議なことに、桐生という「懐刀」を失った作事奉行にも、又兵衛たちのことが伝わっているはずの紀ノ屋にも動きはなく、いよいよ明日には春日社主宰の出開帳を迎えることとなった。

奈良興福寺南円堂の秘仏群はすでに千代田城に運ばれ、公方家斉や幕閣のお歴々に披露されたという。又兵衛たちは三田の春日社へ向かい、今宵から社殿を張りこむことに決めていた。宮司には事前に助力を頼んでおいたが、宮司はふんと鼻で笑い、どれほど凶悪な盗人でもそんな罰当たりなまねはできまいとおもいこんでいるようだった。

一方、腰塚を目白鮫のもとへ行かせ、桐生を捕らえて尋問した経緯を告げさせたが、目白鮫が重い腰をあげるかどうかはわからない。ましてや、内与力の沢尻玄蕃に事情をはなし、今さら、町奉行所の捕り方を動かしてほしいとは言えなかった。又兵衛は誰に命じられたわけでもなく、身勝手な動きをしている。かりに頼んでも、横を向かれるだけのはなしであろう。

「要は、鹿殺しを捕らえればよいのだ」

又兵衛はみずからに言い聞かせた。

縄を打たれて観念すれば、作事奉行を道連れにしようとするかもしれない。両者の密接な関わりをしめす書状などを携えている公算も大きいし、いずれにしろ、悪事の全容をあきらかにするには、鹿殺しの一味を一網打尽(いちもうだじん)にするしかなかった。

腰塚はなかなか戻ってこず、長元坊はさきに三田へ向かった。

又兵衛も二刀を携えて冠木門(かぶきもん)から出たところへ、顎の長い大戸屋七右衛門が焦(あせ)った様子で近づいてきた。

「平手さま、鉢助が命からがら逃げてまいりました」

「何だと」

「知っていることは何もかも、おはなしするそうです」

「何処におる」

「隣町の喜代次の店で匿(かくま)っております」

「太子像を五両で買った七つ屋(ななつや)か」

「はい。顔の広い喜代次に頼めば、旦那に繋がるかもしれない。助けてくれそうな相手は、今となっては平手又兵衛しかいない。だから、賭(か)けに出たのだと、鉢助は言ったそうです」

又兵衛は七右衛門の背につづき、南紺屋町にある怪しげな五二屋(ぐにや)を訪ねた。

敷居をまたぐと、瞼を腫らした鉢助が待っている。

頬にも新しい痣があり、みるからに痛々しい顔だった。

「こっぴどくやられたな」

又兵衛の台詞に、鉢助は身を震わせる。

「撲り殺されるところでした。やったのは、鹿殺しの手下どもでございます」

「半殺しの目に遭わされ、知りあいのもとへ逃げこんだのか」

「ほかに逃げこむあてもなかったものですから」

佃島から逃れてきた経緯を告げると、頭目の鹿殺しに裏切ったのではないかと疑われた。紀ノ屋の土蔵で厳しい責め苦を受け、もう少しで目玉をひとつか指を何本か失うところまでいったが、隙をみて逃げだしたという。

「そのはなしを信じるとしても、おぬしが鹿殺しの手下であることに変わりはない。事と次第によっては、縄を打たねばならぬ」

「覚悟はできております」

おもったとおり、胆の太い男らしい。

「それで、何を喋る気だ。紀ノ屋が鹿殺しだという明確な証しでもないかぎり、鉄炮洲の店に踏みこむわけにはいかぬぞ」

「その慎重さが得難（えがた）いと、生意気にもご推察申しあげました。仰せのとおり、紀ノ屋こそが鹿殺しにほかなりませぬ。作事奉行の西浦頼近と裏で通じ、十指に余る寺から御本尊を盗んだ。とは申せ、手前なんぞが白洲で何を喋っても、信じるお方はおられますまい。作事奉行と鹿殺しの親密ぶりをしめす証しが必要となりましょう」

「持っておるのか」

「いいえ」

「ならば、何を喋る」

「明日の段取りを。一味の数や役割なども、詳しくおはなしいたします」

「それを聞いたところで役に立つかどうか。何しろ、おぬしが逃げたことは、盗人一味にばれておろうからな」

「裏を掻くにしても、鹿殺しが決めた段取りをわかっておくのは必要かと」

「たしかに、それも一理ある。されど、明日の盗みは取りやめるかもしれぬ」

「それだけはございませぬ」

「ほう、どうして」

「一度こうと決めたことは、何があってもやり遂げる。それが鹿殺しの信条にござります」

「盗人のくせに、信条なんぞを持っておるのか」

「堅固な信条を持っているからこそ、一度も捕まらずにこられたのです。ご信じになられぬかもしれませんが、鹿殺しは信心深い男で、とりわけ不空羂索観音を崇めております」

「不空羂索観音だと」

「心念不空の索をもって、あらゆる衆生を漏れなく救済する。慈悲深い観音さまであられます」

又兵衛が脳裏に浮かべた観音像は、額に三つ目の目があり、八つの腕を持つすがたである。鹿の毛皮を身に纏っていることから、春日社で信奉される建御雷神の本地仏として崇められ、こたびの出開帳で披露される四天王に守られた奈良興福寺南円堂の御本尊でもあった。

「不空羂索観音を信奉する者が、よくも鹿を大量に殺すことができるな」

「鹿を殺さねば、衣を作ることはできませせぬ」

つまり、鹿殺しは深い信仰に根ざす行為なのだとでも言いたいのか。

「いかにも。寺から御本尊を盗み、多額の金と引き換える。それは堕落した僧侶たちへの戒めなのだと、鹿殺しは申しておりました」

「都合のよい戯れ言だな。あの世で地獄の苦しみから逃れたいがために、薄っぺらい筋書きを考え、信じこもうとしているのであろう」

「盗人らしからぬ信念があり、信念によって動く男なのだなと、西浦頼近さまも感服なさっておいでだとか」

「西浦頼近は盗人に魂を売った、金欲しさのためにな。公儀はおろか、神仏にさえ背いたのだ。信念がどうのと語るまえに、欲にまみれたおのれの惨めなすがたを省みなければならぬ」

「そうかもしれませぬ。されど、鹿殺しのはなしを聞くと、何が悪かわからなくなってまいります」

話術が巧みな男なのだろう。面と向かって語りかけられれば、高僧の法話でも拝聴している気にさせられるのかもしれない。

鉢助はつづけた。

「手前がおもうに、鹿殺しは明日で手仕舞いにしたいのかもしれませぬ」

「盗みをか」

「はい」

「どうして、そうおもう」

はなしの端々に、そう感じさせるものがあった。それだけの理由だという。

「苦労して盗みを重ねても、稼ぎのほとんどは作事奉行に渡す裏金で消えてしまう。持ちつ持たれつとはいえ、何やら虚しいと、手下どもに弱音を吐いたとも聞きました。ひょっとしたら、このあたりで落とし前をつけるつもりなのかも」

「落とし前か」

盗人の屁理屈につきあう気などないが、たしかに、本物の悪党はおのれの地位に胡座を掻き、汗も掻かずに盗み金を搾りとるやつだ。まさしく、西浦頼近のような者のことであろう。

「西浦さまは、中ノ郷に別宅を建てられました。ご公儀に内緒で築いた土蔵は、千両箱で埋めつくされておいでだとか」

鉢助の言うとおり、鹿殺しは西浦に骨までしゃぶられ、嫌気が差しているのかもしれない。

「このあたりで縁を切りたい、そう漏らしたとも。おそらく、本音にござりましょう」

明日が最後の大仕事になるやもしれぬ。次第に鉢助のはなしを信じてもよいという気になってきた。

「鹿殺しの一味はかならずや、不空羂索観音の眷属を奪おうとするでしょう。そして、奈良の興福寺に法外な金を要求する。その金を独り占めにして作事奉行にも渡さず、何処かへ雲隠れするつもりにちがいありませぬ」

鹿殺しが捕まらぬかぎり、安心して眠ることもできない。命が惜しいので、知っていることのすべてをはなすのだと、追いつめられた男は声を震わせる。

これが演技だとすれば、熟練の役者にちがいない。

鉢助のはなしを信じるべきかどうか、又兵衛はしばらく考えつづけた。

十三

鉢助は何処かに消えた。

翌晩、又兵衛のすがたは三田の春日社ではなく、中ノ郷竹町の一角にある。

吾妻橋の東広小路にほど近く、横道を元町のほうまで進めば如意輪寺があった。

鹿殺しの一味に太子像を盗まれた寺だが、そちらに用はない。

竹町の一角には、檜の香る立派な武家屋敷が建っていた。

敷地の内には土蔵が築かれ、お宝が唸りをあげている。

作事奉行の西浦が紀ノ屋に命じて建てさせた下屋敷であった。

又兵衛は長元坊や腰塚とともに、西浦屋敷を見張っているのである。

鹿殺しの一味は春日社ではなく、こちらに来るという読みに賭けた。

確信があるわけではない。ただ、鉢助は逃げてきたのではなく、逃げたふりをしたのだと見破った。春日社の出開帳でお宝を盗むはなしは、又兵衛たちを誘いだす陽動策にほかならず、まことの狙いは別にある。となれば、鉢助と交わした会話のなかに、こたえを探すしかなかった。

本音を語っているように感じたのが、西浦との関わりであった。縁を切りたい、落とし前をつけたいというのは、本心であろう。営々と貢いだお宝をそっくり奪い、最後の仕上げとすることで溜飲を下げようとするはずだ。

長元坊と腰塚に向かって、又兵衛はおのれの考えを告げた。

ふたりともに、首をかしげるどころか、膝を打ってみせた。

又兵衛は背中を押され、中ノ郷の西浦屋敷にやってきたのである。

「当たるも八卦、当たらぬも八卦。それが人生ってもんだぜ」

あいかわらず、長元坊は暢気に構えている。

一方、腰塚は緊張で、さきほどから頰を強張らせていた。腕の傷は癒えたが、

今宵こそは手柄を立てねばと気負っている。肝心の目白鮫には逐一報告している
ものの、やはり、重い腰をあげてくれそうになかった。

とどのつまり、たった三人で十人を相手にしなければならない。

鉢助によれば、鹿殺しの一味は頭目も入れて総勢で八人からなり、盗みのたび
に腕の立つ用心棒役の浪人をふたり雇うのだという。

「手当たり次第、斬って捨てる。そのくれえの覚悟がねえと、殺られちまうぜ」

長元坊の言うとおりだが、最大の的は頭目の鹿殺しであった。一味を一網打尽
にするのはあきらめ、頭目ひとりに的を絞らねばならない。

「蒼白い顔のうらなり野郎を捕らえりゃいいんだろう」

ただし、読みどおり、一味があらわれてくれたらのはなしだ。

「ところで、作事奉行の旦那は屋敷にいるのか」

「いる」

近頃は月の半分余りを、下屋敷で若い側室と過ごしているという。

「そいつはむしろ、好都合じゃねえのか。鹿殺しをふん縛ったら、その場で悪事
の相棒を名指しするかもしれねえぜ」

又兵衛も秘かに期待していた。

だが、悪知恵のはたらく西浦は巧みに逃げきろうとするはずだ。
どっちにしろ、鹿殺しを捕まえぬことにはどうにもならない。
「取らぬ狸の……ならぬ、取らぬ鹿の皮算用ってところか」
冗談を言っているあいだにも、夜の闇は深まっていった。
――ごおん。
遠くで鳴っているのは、亥ノ刻（午後十時頃）を報せる鐘音であろう。
わずかに欠けた月が、仄暗い夜空を照らしていた。
風はそよとも吹かず、あいかわらず蒸し暑い。
じっとしていると蚊に食われるので、又兵衛は足踏みを繰りかえした。
――こほっ。
突如、辻陰から咳払いが聞こえてくる。
あらわれたのは、浪人風体の男たちだ。
やった、読みが当たった。
又兵衛は胸の裡で快哉を叫ぶ。
ふたりの浪人は門の左右に分かれ、石仏のように佇んだ。
「見張り役だな」

長元坊が囁く。

すると、辻陰から柿色装束の人影がひとつあらわれた。

同じ恰好の人影が七つあらわれ、数珠つなぎで門前に近づいていく。

からだの大きな順に下から四人、その上にふたり、またその上にひとりと山のかたちになり、最後のひとりが身軽に人の山を駆けあがるや、あっさり築地塀を乗りこえていった。

すぐに内から門がひらかれ、浪人たちを除いた七人が吸いこまれる。

盗みをさせてから捕まえるにしても、浪人どもが邪魔になろう。

巧みに入れ替わる方法はないものか。

考えあぐねていると、長元坊がふらりと物陰から離れていった。

千鳥足で行きつ戻りつ、酔っぱらいのふりをしはじめる。

仕舞いには地べたに寝転び、鼾まで掻いてみせた。

浪人のひとりから、舌打ちが聞こえてきた。

長元坊はのっそり起きあがり、ふたたび、千鳥足で門のほうに歩いていく。

「あっちへ行け、しっしっ」

手を振った浪人に身を寄せ、両手を広げて抱きついた。

別のひとりが、後ろから近づいてくる。

「おい、離れろ」

呼びかけた瞬間、長元坊は八つ手(やつで)のような掌(てのひら)で相手の口をふさいだ。

そして、首を絞(し)めて昏倒(こんとう)させる。

すでに、最初のひとりは白目を剝いていた。

又兵衛と腰塚が駆けつけ、浪人の口に猿轡(さるぐつわ)を嚙ませる。

「へへ、お茶の子さいさいよ」

「ご苦労さん」

「おいおい、そんだけか。お宝のひとつも分けてほしいもんだな」

軽口を叩く長元坊を裏手にまわらせ、表口には腰塚を立たせた。

又兵衛はひとりで門を潜(くぐ)り、屋敷の内に身を入れる。

さっと、木陰に隠れた。

ずいぶん細い木だ。

少し触れただけでも揺れる百日紅(さるすべり)であろう。

真紅(しんく)の花が月影に映(は)えている。

さっとみわたすかぎり、玄関までは人影もない。

土蔵は裏手にあるので、脇からまわってみる。

母屋（おもや）が左手につづき、裏手の広いところへ出た。

「あれか」

土蔵がある。

それにしても静かだ。

目を凝（こ）らすと、土蔵の右脇に見張りがひとり立っていた。

長元坊がまわった裏口も開けられ、静かに荷車が侵入してくる。

どうやら、裏口にも仲間が待機していたらしい。

荷車の前後には、五人もついていた。表側の八人と合わせれば総勢十三人、鉢助は嘘を吐（つ）いていたことになる。

「くそっ」

十三対三では、さすがに分（ぶ）が悪すぎる。

ただし、西浦家の用人も何人かはいるはずで、騒げば飛びだしてこよう。

役に立つかどうかはわからぬが、いないよりはましだった。

土蔵の内から人影がひとつ、またひとつと、抜けだしてくる。

すでに錠前は破られ、千両箱がつぎつぎに運びだされてきた。

やはり、蔵を出入りする影は七つを数え、ほかに五人の人影がある。

仕種で指図しているのはうらなり面、紀ノ屋百左衛門にほかならない。

やはり、一味の数は十三人であった。

荷車には大きな丸い塊が載せられており、五人はそれを蔵のなかへ運びこもうとしている。

布で包んであるので、何かはわからない。

ともあれ、千両箱を運びだす者が七人、丸い塊を運びこむ者が五人、指図する者がひとりという構図だった。

空になった荷車には、千両箱がぎっしり積みこまれていく。

手間取るようなことはなく、盗人どもは水際立った動きをみせた。

さほど時を要することもなく、百左衛門がさっと右手をあげる。

撤収の合図であろう。

「今だ」

勇躍、又兵衛は暗がりから躍りでた。

十四

「賊だ、出合えっ」

腹の底から声を振りしぼり、手前のひとりに襲いかかった。

手には十手を握っている。

「捕り方や、逃げろ」

盗人どもが裏口に殺到し、すぐに押しかえされた。

裏木戸の手前には、長元坊が仁王立ちしている。

「ここからは、一歩も通さねえぜ」

「阿呆抜かせ。それ、殺っちまえ」

長元坊は握った丸太を頭上に掲げ、とんでもない力で振りまわす。

——ぶん、ぶん。

何人かが丸太の一撃を喰らい、案山子のように吹っ飛んだ。

騒ぎを聞きつけた屋敷の用人たちが、ばらばら飛びだしてくる。

「賊は何処じゃ」

駆けつけた途端、用人は匕首で滅多刺しにされた。

怯んだ別の用人にたいして、盗人どもが殺到する。

廊下の奥からは、主人の西浦頼近もすがたをみせた。

脂ぎった厚みのある顔、魚に喩えれば鯔であろうか。

白装束で直刃の槍を脇にたばさみ、口から泡を吹いている。

「ここは作事奉行、西浦頼近の下屋敷ぞ。それを知っての狼藉か」

泡とともに発せられたのは、芝居がかった台詞だった。

すかさず、又兵衛が駆けよる。

「南町奉行所の捕り方にござります。お命お守り申す」

「おう、存分に働け」

「はっ」

盗人のひとりに十手を叩きつけ、又兵衛は見栄を切った。

「逃げろ、表口から逃げろ」

百左衛門の合図で、残った盗人どもが駆けだす。

千両箱の積まれた荷車を捨て、一斉に表口に向かった。

「逃すか」

又兵衛は必死に追いすがる。

長元坊は裏口から出ようとする連中を相手にしていた。

盗人のひとり目が、表口から外へ逃れる。

「行ったぞ、腰塚」

腰塚は刀を右八相(みぎはっそう)に構え、ひとり目の賊を袈裟懸(けさが)けに斬った。

「ぶえっ」

盗人は血を吐いて斃(たお)れる。

相手は火盗改の同心だ。斬り捨てにされても文句は言えまい。

だが、ふたり目と三人目は腰塚の両脇から逃れてしまう。

「雑魚にかまうな」

又兵衛は門から飛びだし、後ろから叫んだ。

腰塚は身構えたが、百左衛門は三人の手下に守られて駆けより、腰塚の壁を難なく突破する。

「くそっ」

又兵衛は臍(ほぞ)を嚙んだ。

と、そのときである。

逃げる盗人どもの行く手に、ぶわっと提灯(ちょうちん)の壁が立ちあがった。

左右にも大きな壁が立ちあがり、一帯は昼間のような明るさになる。

提灯の壁を背に抱え、塗りの陣笠をかぶった人物が颯爽とあらわれた。

「火盗改である。神妙にいたせ」

重々しく言いはなったのは、目白鮫にほかならない。

やはり、助っ人に参じてくれたのだ。

「……さ、鮫島さま」

腰塚の目から涙が溢れてくる。

又兵衛も危うく泣きそうになった。

「それ、引っ捕らえよ」

捕り方どもが殺到し、盗人をつぎつぎに捕らえていく。

頭目と目される百左衛門も、呆気なく縄を打たれた。

目白鮫がゆっくりと、こちらに近づいてくる。

「大儀であった」

又兵衛に軽くうなずき、そのまま門を潜っていく。

さて、ここからが本番だと、又兵衛は褌を締めなおした。

裏手にまわると、当主の西浦が土蔵を見下ろす廊下に座っている。

さすがに疲れたようで、用人たちを鼓舞する気力も失っていた。

陣笠の目白鮫を見定め、訝しげな表情になる。

「おぬしは何じゃ」

「火盗改にございます」

「弓組か、筒組か」

「弓組二番にござる」

「精鋭ではないか。もしや、おぬし」

「筆頭与力の鮫島広之進でございます」

「やはり、目白鮫か。おぬしの噂は聞いておるぞ。よくぞ馳せ参じてくれたな」

そこへ、腰塚が後ろ手に縛った百左衛門を連れてきた。

髪はざんばらになっても、蒼白いうらなり顔をみれば、すぐに誰かはわかろう。

近くでみれば、おもった以上に若い。まことに鹿殺しなのだろうかと、又兵衛はおもった。

「こやつに、みおぼえはございませぬか」

目白鮫の問いかけに、西浦は首を横に振った。

「知らぬわ。知っているはずもなかろう」

「なるほど。されば、ちと蔵を検分させていただきます」

否(いな)とは言わせぬ態度で言い、目白鮫は配下を散らばらせた。

蔵よりさきに注目したのは、荷車に山積みされた千両箱である。

作事奉行の蓄財(ちくざい)にしては多すぎる。充分に中味を吟味(ぎんみ)せねばなるまい。

さらに、土蔵のなかに潜(もぐ)った腰塚が妙なものをみつけてきた。

さきほど、盗人どもが運びこんだ丸い塊である。

ひとりでは運べぬので、五人がかりで運びだす。

――どしゃっ。

地べたに置かれた途端、西浦は仰天(ぎょうてん)した。

「……な、何じゃそれは」

「御仏(みほとけ)の頭でござりますな」

さすがの目白鮫も驚いている。

盗人どもが運びこんだのは、阿弥陀如来の頭であった。

又兵衛が咄嗟に説(と)いてみせる。

「盗まれた九品寺の御本尊ではないかと」

「何じゃと」

素っ頓狂な声をあげたのは、西浦にほかならない。

目白鮫は首をかたむけ、ぎろりと睨んだ。

「西浦さま、これはどういうことにござろうか」

「知らぬ、わしは知らぬ。神仏に誓って、わしは知らぬぞ」

狼狽える西浦に逃げるさきはない。

「ふはは、盗人の底意地をみせてやったぜ」

崖っぷちに追いつめられたはずの百左衛門が呵々大笑する。

「おぬし、作事奉行を嵌めたのか」

と、目白鮫が低声で問うた。

百左衛門はうなずき、よく通る声で朗々と言ってのける。

「鹿殺しってのは、西浦頼近のことさ。おれたちはそいつに命じられ、数多の鹿を殺した。鹿の角でたんまり儲けさせてやったおかげで、そいつは奈良奉行から作事奉行に出世できた。立派な御屋敷まで建てたってわけさ。西浦頼近は悪党のなかの悪党だぜ。何よりの証拠は、そいつの土蔵から阿弥陀如来の頭が出てきたことさ」

「ええい、黙れ。黙らぬか、紀ノ屋」

激昂したあげく、西浦はうっかり口を滑らせる。

目白鮫は聞きのがさない。

「西浦さま、紀ノ屋と申すのは、この御屋敷を建てた材木商のことにござろうか」

「さあ、知らぬ。さような男は、みたこともないわ」

目白鮫は態度を豹変させ、毅然と言ってのける。

「もはや、知らぬ存ぜぬは通用せぬぞ」

「何じゃと。木っ端役人風情が、どの口でほざいておる。おぬしなんぞ、鼻息ひとつで吹き飛ばしてくれるわ」

「そのくらいにしておけ。きゃんきゃん吠えるな」

目白鮫に命じられた配下が、痩せ細った五分月代の侍を連れてきた。

蹌踉めきながら近づいてきた男の顔をみて、西浦は腰を抜かしかける。

「誰なのか、わかったようだな。おぬしが襤褸雑巾のように捨てた男だ」

作事下奉行の桐生鉄之進である。

生き霊のごとく、石塔のなかから這いだしてきたのだろうか。

いや、又兵衛が腰塚に命じ、目白鮫に一報を入れさせていたのだ。

「佃島の石塔から、こやつを救いだしてやった。そうしたらな、泣きながら悪事のすべてを白状したぞ。作事奉行、西浦頼近。盗人猛々しいとは、おぬしのことよ。おとなしく、縛につくがよい」

目白鮫から名誉の縄打ちを命じられたのは、腰塚源九郎であった。

西浦頼近はさすがに観念したのか、抗う素振りをみせなかった。

縄目にかかった悪党たちは、ことごとく土壇送りになるだろう。

一件落着と喜ぶべきところだが、又兵衛には何か引っかかるものがあった。

「けっ、浮かねえ顔をしやがって」

長元坊が首筋を揉みながらやってきた。

「何だか上手くいきすぎて、狐につままれたみてえだぜ」

ほんとうにそうだと、又兵衛はおもった。

何か、大事なことを見落としているのかもしれぬ。

もう一度、百左衛門の顔をみた。

ふん、あんたに見破ることができるのかい。

嘲笑いながら、そんなふうに言っているような気がしてならなかった。

十五

数日後、三伏の極暑に終わりはみえない。

郊外の植田は青一色となり、風に吹かれて揺らぐ光景は寄せくる波のようだ。

品川の天王祭では雄壮な神輿洗いがおこなわれ、愛宕山恒例の勝軍地蔵の縁日では酸漿を求める人の列ができた。

忘れてならぬのは、三田の春日社で催された出開帳である。

奈良興福寺南円堂の秘仏群を拝むべく、大勢の人々が足をはこんだ。

もちろん、又兵衛も家の連中を連れて参じ、御本尊の不空羂索観音を守る四天王とまみえた。恐ろしげな目つきの持国天、どんぐり眸子の増長天、鰓の張った多聞天に堂々とした風貌の広目天、剣や槍を掲げた袖を優雅に靡かせる立像は、拝む者を魅了せずにはいられなかった。

高さ一丈を超える不空羂索観音を間近で拝めば、どれほど魂を揺さぶられたことか。

静香ともそんなはなしをしながら、春日社をあとにしたのである。

別の日、数寄屋橋御門内の奉行所へ何食わぬ顔で出仕すると、廊下で内与力の沢尻玄蕃に呼びとめられた。

「おぬし、いったい何をやらかした」

のっけから詰問（きつもん）され、惚（ほう）けたふりをすると、わざわざ身を寄せてくる。

「おぬし、先手組に移る気はないか」

「えっ」

何のことかわからずに目を白黒させれば、沢尻はめずらしく微笑んでみせた。

「目白鮫が何をとち狂うたか、おぬしを配下に欲しいと言うてきた。理由を問えば、書役がひとり足りぬと抜かす。丁重（ていちょう）に断っておいたが、余計なことをしたやもしれぬ。ふと、そうおもうてな」

「断っていただき、ありがとうございます」

「ふむ、さようか。ならばよいのだ」

目白鮫に誘われたことも、沢尻が断ってくれたことも、何やら嬉しかった。

浮かれた気分で奉行所をあとにし、光る入道雲（にゅうどうぐも）を眺めつつ漫（そぞ）ろに市中を歩いた。

市松模様（いちまつもよう）の箱を担いだ虫売りや、赤い提灯行燈（ちょうちんあんどん）の麦湯（むぎゆ）売りと往来で擦（す）れちがう。

唐桟縞（とうざんじま）の浴衣（ゆかた）を纏（まと）った粋筋（いきすじ）のおなごが、歌舞伎（かぶき）役者の顔が描かれた団扇（うちわ）で朱唇（くちびる）を隠しながら軽くお辞儀をしてくれた。

気づいてみれば、両国広小路の手前まで来ている。

金魚売りの声が耳に飛びこんできた。

――金魚え、金魚。

米沢町の露地裏からであろうか。

掠れて錆の利いた売り声を、何処かで聞いたような気もする。

ふと、脳裏を過ぎったのは、百左衛門の発した台詞だった。

――盗人の底意地をみせてやったぜ。

呵々と嗤ったその顔が、誰かに似ているような気がしたのだ。

何者かの気配が、そっと近づいてくる。

我に返ると、金魚売りがすぐそばで、びいどろの鉢を差しだしていた。

「旦那、おひとついかがです」

びいどろの鉢には、大小の金魚が泳いでいる。

「こいつら父子なんでさあ。どっちかが死ねば、残ったほうもあとを追う。でえじに育てていただいても、老い先短え命でさあ」

すでに、金魚屋の正体はわかっていた。

「おぬし、鉢助か」

「へえ」

「何しにまいった」

「へへ、落とし前をつけにめえりやした」

「やはり、おぬしが鹿殺しであったか」

「見破ったのは旦那おひとりだ。作事奉行もそいつだけは知らなかった。へへ、今さらってはなしでやしょうがね、あっしは旦那を謀ったつもりでいた。どっこい、旦那は裏を掻き、あっしから何もかも奪っちまった」

「百左衛門は、おぬしの息子なのか」

「拾い子でやすから、血は繋がっておりやせん。それでも、むかし馴染みの連中は、父子だけあって面影が似ているって言ってくれた。赤ん坊の頃からいっしょにいると、顔つきが似てくるものなんでやしょうかね」

「同じ血が流れておらずとも、おぬしらは正真正銘の父子だった。盗人じゃなきゃよかったのにな」

「仰るとおりで」

百左衛門も手下たちも、放っておけば野垂れ死ぬしかない捨て子の赤ん坊だった。

同じ境遇の鉢助に拾われ、神仏をも恐れぬ盗人になったのだ。

「不幸な生いたちだからというて、盗人になるのが許されるはずはなかろう」

「そいつは、どん底の不幸を知らねえお方の台詞でさあ」

鉢助は懐中に手を入れ、九寸五分を抜いた。

又兵衛は身構え、左手で鞘の鯉口を握る。

「旦那、死んでもらいやす」

だっと地を蹴り、鉢助がからだごと飛びこんできた。

――しゅっ。

又兵衛は鞘を引き、愛刀の兼定を抜きはなつ。

互の目乱の刃文とともに、二尺八寸の刃が閃いた。

「ちっ」

擦れちがいざま、又兵衛の左袖がふたつに裂ける。

下着に血が滲んできた。

鋭い突きを躱しきれず、浅傷を負わされたのだ。

鉢助は背中をみせ、二歩、三歩と、さきへ進む。

そして、足を止め、ばったり地べたに斃れた。

又兵衛は樋に溜まった血を切り、愛刀を素早く鞘に納める。

いつもならば、腰には刃引刀を差していたにちがいない。

兼定を差して出仕したのは、そうすべきだと囁く自分がいたからだ。

鹿殺しはかならず落とし前をつけにくると、なかば予期していたのだろう。

鉢助は又兵衛を斬ろうとしたのではなく、むしろ、罪を重ねてきた自分自身に落とし前をつけたかったにちがいない。

川風に身を委ね、両国橋をのんびり渡った。

川面には梵天を高く掲げた大小の船が行き交っている。

船首に立つ山伏たちは法螺貝を吹き、錫杖を鳴らしていた。

橋向こうの垢離場からは、勇み肌の男たちの雄壮な声が聞こえてくる。

「さんげさんげ、六こんざいしょう、おしめにはつだい、こんごうどうじ、大山大聖不動明王、石尊大権現、大天狗小天狗……」

真っ裸の男たちが持つ納め太刀には「奉納大山石尊大権現大天狗小天狗請願成就」と書かれている。

「懺悔懺悔、六根罪障……」

病気平癒や利生を願う男たちは波に揉まれ、なかには喧嘩をはじめる者までいる。

祭のような喧噪（けんそう）のなか、土手際で手を振る者たちがいた。

「おうい、おうい」

大声で呼ぶのは、長元坊にちがいない。

静香も主税も亀もおり、一心斎とおたみのすがたもあった。

片端で必死に手を振るのは、火盗改の腰塚源九郎であろう。

又兵衛の脳裏には、いるはずのない不空羂索観音（ふくうけんさくかんのん）の神々（こうごう）しいすがたが浮かんでいた。

「三つ目の目は、盗人どもの悪事を見逃さなかったな」

あと数日で夏は終わり、秋の気配が忍びよってくる。

腕の傷が疼（うず）くたびに、鹿殺しと呼ばれた盗人のことをおもいだすのであろうか。

又兵衛は切ない気持ちを振りきり、雑草の繁（しげ）る土手道に大きく一歩踏みだした。

この作品は双葉文庫のために書き下ろされました。

双葉文庫

さ-26-55

はぐれ又兵衛例繰控（またべえれいくりびかえ）【九】

鹿殺し（しかごろ し）

2024年6月15日　第1刷発行

【著者】
坂岡真（さかおかしん）

【発行者】
箕浦克史
【発行所】
株式会社双葉社
〒162-8540 東京都新宿区東五軒町3番28号
［電話］03-5261-4818(営業部)　03-5261-4868(編集部)
www.futabasha.co.jp(双葉社の書籍・コミックが買えます)
【印刷所】
中央精版印刷株式会社
【製本所】
中央精版印刷株式会社

【フォーマット・デザイン】
日下潤一

ISBN978-4-575-67201-5 C0193
Printed in Japan

坂岡真　はぐれ又兵衛例繰控【六】　理不尽なり　長編時代小説〈書き下ろし〉

女房を守ろうとして月代侍を殺めてしまった男に下された理不尽な裁き。夫婦の無念のおもいを胸に、又兵衛が復讐に乗りだす——。

坂岡真　はぐれ又兵衛例繰控【七】　為せば成る　長編時代小説〈書き下ろし〉

父の仇を捜す若侍と出会った又兵衛。若侍の境遇に同情し、仇討ちの成就を願うが、おもわぬところから仇の消息の手掛かりを摑み——。

坂岡真　はぐれ又兵衛例繰控【八】　赤札始末　長編時代小説〈書き下ろし〉

髪結床に貼られた赤猫の火札。自身の小机に同じ火札が置かれたのをみつけた又兵衛は、老風烈廻り同心とともに火札騒動の謎を追う——。

坂岡真　照れ降れ長屋風聞帖【十八】　まだら雪　長編時代小説

三左衛門の長女おすずが嫁入りした。幸せも束の間、元同心・半兵衛が行方知れずになり……。泣き笑いの傑作時代小説新装版、堂々完結！

坂岡真　帳尻屋仕置【七】　激突　長編時代小説〈書き下ろし〉

江戸市中が飢饉の影響で混迷を極めるなか、帳尻屋を襲う未曾有の大嵐。最凶の敵を相手にした空前絶後の闘い。結末はいかに——⁉